猫头鹰探长

第一部

火焰岛的继承者

（全新修订版）

伊雁声　著

OWL BOOKS

ISBN: 978-1-965771-01-3

献给

智人世界

每个人都要尽力而为

伊雁声

2017年10月，《猫头鹰探长》第一部在国内出版，次年第二部在国内出版。2020年第三部（上）即将上市的时候，探长系列被爱国贼诬告，下架、停出。与爱国贼们设想得完全不同，我丝毫没有感到沮丧，因为我更愿意能不慌不忙地把探长三部曲全部写完并重新修订之后再出版全集，那才叫完满。

于是我就这样成为不慌不忙的典范。花了近十年时间，每天求知若渴，终于在2024年春天，探长三部曲全部修订完毕，其姊妹系列《动物快跑》前两部《超级大脾气》《迷失》也顺手写完。至此，总算完成了一部更比一部好看的心愿。再看国内出版环境，早已是面目全非。地球在融化，各国纷纷再次伟大，人类正面临一个生死抉择。

几年来经常有读者询问第三部写完了没有，因此先出一个三部曲全新修订海外版成为顺理成章的选择。这个海外版全集不仅是一个全新修订的版本，而且是一个原汁原味、未经审查的版本，我自由自在地写，你自由自在地读。封面、地图和丛书LOGO由我心爱的女儿帮忙设计。

回头看，《猫头鹰探长》一直在进化。第一部《火焰岛的继承者》，从方舟子的科普名篇中诞生，初啼稚嫩，清纯婉转。第二部《火焰岛的女王》，初试俊羽，在绿野大陆地上空翱翔。第三部从最初构想的《火焰岛的战争》进化为《火焰岛的重生》，奋力展翅，翼若垂天之云，扶摇直上，飞出地球之外，远眺母星，绿野大陆地成为翅下小岛。

整个故事始于一场大火，终于另一场大火，每个细节都有现实原型，每个案件都有可靠的科学依据。绿野大陆地亦幻亦真，恍若一个与现实世界平行的姐妹世界。写到后来，每写完一章，都像是和宇宙邪恶势力打了一仗。

说到这里，有必要简单阐述一下威雪猫头鹰世界的价值观。我想先摘录两段与前两部的初版责任编辑、插画师的对话，当年我们一起合作得非常愉快，堪称心心相印，我想念他们，感谢他们。

责编：三宝兄弟管长眉叫爷爷。这里有什么说法吗？按人类的叫法应该是外公？

我：猫头鹰世界和动物世界都不分内外，在父母眼里，后代不论雌雄一律平等。在传宗接代方面，动物比人类明智。

桃染：有点好奇～故事里捕食和被捕食的关系是有意处理得平常化么～不像常见的故事中那样捕食的就是坏蛋，被吃的就可怜。

我：动物世界是野蛮的丛林世界，遵循残酷的适者生存的丛林法则。人类世界是文明世界，遵循社会公平的道德和法律准则。

在整个猫头鹰探长系列中，动物世界、人类世界和精灵世界的价值观各不相同。在纯粹的动物世界里，充满了奸诈、诡计和弱肉强食，为了生存和繁衍，一切手段都是合理的。人类的文明世界较之有鲜明对比，人类作为一个灵长目的高级物种，更追求公平，更关注弱势群体的生存权利。物质条件无论怎样改变，动物弱肉强食的残酷本性都不会变。只有在法律、道德的约束下，人性才不会被兽性吞噬，人类才不会整体沦落到野兽般强取豪夺的地步。精灵世界包容万象，慧黠沉静，思接千载，视通万里，在时空的长河中，他们知对错、识善恶，热衷扶危济困，擅长趋利避害。顺便说一下，在探长的读者中，就有很多精灵人。

威雪猫头鹰世界则半兽半人半灵，他们有人类世界的爱恨情仇、道德法律，又有动物世界的弱肉强食、自然法则，同时还具备精灵世界的远见卓识、科学道义。阿威和阿雪兼具三层代言者身份：大自然，人类，以及精灵。仿佛是半人类文化属性的象征，阿雪身材娇小，阿威高大威猛，虽然在真实的猫头鹰世界里，大家熟知的大部分猫头鹰物种的雌性都比雄性体型更大。当然，半兽半人半灵的威雪属于一个神秘未知的物种。

威雪与其说是参与者，不如说是观察者。他们远远旁观，因此更能客观看待人类和地球遇到的问题，甚至更具有精准的预见力，威雪世界的预见力来自深刻的洞察力和思考力。他们怀着怜悯之心和怜惜之情，尽可能帮忙，却并不干涉弱肉强食的自然规律。因此，对于自诩文明的人类针对自然界的弱肉强食，他们也只是深感愤慨、竭力营救濒危物种而已。他们与地球母亲同呼吸，遵循自然之道，由着人类后果自负。

但是人类却没有闲坐旁观的奢侈，只能深陷其中，因为人类是高度进化有超凡大脑的地球之子，人类有责任照顾好现有的这一个地球。地球母亲有的是时间从头开始，再来一次缓缓的进化。蜗牛角上的蚂蚁互相争斗不休，直至付出生命的代价，威雪世界不会问这到底值不值得，但人类世界却必须要问一问，毕竟事关生死、存亡与未来。人类只有秉承科学道义，才能超越偏见正确回答这些问题。其实阿威和阿雪也一直在成长，他们逐渐认识到独善其身是不可实现的，只有天下皆善，才有个体的善。每个人都要尽力而为。

哪种动物真实地出现在地球上的哪个地方，真的只是一种进化的偶然。科学的思维方式与我们的生活和未来息息相关，我们每时每刻都要用到它，它也关系到小读者精神世界的健康、丰沛与幸福。我们这一代很快会老去，把地球留给下一代，下一代需要了解、关注正在发生的地球大变化。无论是火焰岛的继承者，还是火焰岛的女王，那都是我们自己，是每一个读到这些故事的人。因此，这场火焰岛的重生，也正是智人这个物种的重生。从这个意义上说，《猫头鹰探长》三部曲是迄今为止我对我的母语所能做出的最大贡献。

《猫头鹰探长》三部曲虽然写完了，但绿野大陆地每天还在不断发生无穷无尽的新故事。那些还没来得及讲的故事，比如小海龟姐妹海洋历险记，阿历克斯的科学奇幻之旅，等等，以后也许会在《动物快跑》里接着讲，请听我一路慢慢道来。

2024年11月

我们为什么应该喜欢猫头鹰

方舟子

这个故事的主角是猫头鹰。它源于我妻子想要根据我的科普文章改编童话故事，而我最喜欢的动物是猫头鹰，所以就自然而然地以猫头鹰作为主角。

我和猫头鹰的结缘由来已久。我刚上大学的时候，给班级编过一本杂志，名字就叫《猫头鹰》。受我的影响，我家到处是"猫头鹰"，杯子、盘子、垫子、浴帘、毛巾、花盆、台灯……都是猫头鹰的图案或造型。还有多得我自己都数不清的猫头鹰工艺品，陶瓷的、金属的、树脂的、木头的、毛绒的、牛角的、玻璃的、水晶的……我到一个地方旅行，喜欢买猫头鹰工艺品当纪念品。亲戚、朋友、读者知道我有这个爱好，也会送我猫头鹰工艺品作为礼物。

这些工艺品大部分是在国外买的，中国的很少。中国传统上把猫头鹰当成不祥的恶鸟，并没有表现、刻画它的习俗。国外有的地方历史上也把猫头鹰当成不祥之兆，但是也有的地方把它当成吉祥的神鸟，制作了大量的表现猫头鹰的艺术品、工艺品。

1994年，三个法国人在法国南部发现了一个石灰岩洞穴，画满了岩画，后来测定它们画于3万年前，是已知最古老的岩画。其中有一幅画着猫头鹰的背面，却把头转了过来。显然人类很早就注意到猫头鹰能把头扭转到几乎直对背后，并觉得很神奇。之后在古埃及的象形文字、古希腊的钱币、古罗马的水瓶……都能看到猫头鹰的身影。历史上最崇拜猫头鹰的大概是古希腊的雅典人。猫头鹰是雅典城的守护神雅典娜女神的神鸟。雅典娜是希腊神话中的智慧女神和战争女神，猫头鹰因此成了智慧和胜利的象征。雅典人开始打仗之前，如果看到有猫头鹰从阵前飞过，就会感到胜利在望、信心倍增。没有猫头鹰自己飞过来怎么办呢？不用担心，会有人准备好了猫头鹰悄悄放出来的。

现代的人们已经不这么迷信了，只是还把猫头鹰当作智慧的象征。不过，现在人们喜欢表现猫头鹰，主要还是觉得它可爱。和其他的鸟类不同，猫头鹰的两个眼睛和人一样都是向着前方的，眼睛很大，和身体相比，猫头鹰的头也比较大。头部、眼睛相对比较大，是人类婴儿的特征，所以我们看到猫头鹰，就会本能地觉得猫头鹰可爱。

猫头鹰长成这个样子，当然不是为了让我们觉得可爱，而是由于适应环境进化出来的。猫头鹰通常在黄昏、夜晚或凌晨出来捕捉食物，为了在昏暗的光线下能更好地看清猎物和判断猎物的位置，就要有立体视觉，所以猫头鹰和人一样两个眼睛朝前，而且眼睛要尽量地大，这样才能让光线尽量多地进入到视网膜。猫头鹰视网膜对光的敏感程度大约是鸽子的一百倍。

猫头鹰大眼睛的重量占了其体重的大约4%，而人的眼睛只占体重的0.08%。为了能在眼窝里容纳尽量大的眼睛，猫头鹰的眼睛不是球状的，而是管状的。这样，猫头鹰的眼睛就被固定住了，没法转动，要往旁边看只能转头。人的头部只能转动180度，要看背后的东西就要转动身体。猫头鹰如果也转动身体，发出声响，就容易被猎物发觉。

因此它们进化出了一种"超能力"，头部能转动270度，不用转动身体也能看清背后。猫头鹰能这么大幅度地转动头部，是因为它的颈部有特殊的构造。猫头鹰的颈椎有14块，而人的颈椎只有7块，所以猫头鹰的颈部要灵活得多。大脑需要椎动脉供血，椎动脉穿过颈椎的孔进入头部。人的颈椎穿孔和椎动脉大小差不多，如果强行过度扭转脖子，就会导致椎动脉缠绞住，血上不了头部，人会晕倒、死亡。而猫头鹰的颈椎穿孔大小是椎动脉的十倍，有足够的空间让椎动脉摆动，不会因为大幅度转动头部影响大脑的供血。

在黑暗中要准确地找到猎物，光有很好的视力还不够，还要有很好的听力。在猫头鹰的两个大眼睛周围，各有一圈放射状分布的羽毛，形成了两个面盘。这也不是为了好看。这两个面盘就像两个太阳灶似的凹面镜，焦点在耳朵上（猫头鹰的耳朵在头部两侧。有的猫头鹰头上长着像耳朵一样的"角"，那是羽毛，不是耳朵），传来的声音被集中投进了耳朵里，猫头鹰可以听得更清楚。有些种类的猫头鹰的耳朵是不对称的，左耳的位置比较高，同一个声音传到两个耳朵的时间有差异，大约相差0.00003秒。这么微小的差别，猫头鹰也能感受到，它会歪着脑袋，慢慢调整，让两个耳朵同一时间收到声音，这样它正对着的就是发出声音的位置，可以精确地定位猎物。

发现猎物后，猫头鹰悄悄地飞过去，它的羽毛有特殊的消声构造能够降低气流的振动，在飞行时能够做到不发出一点声响。猫头鹰飞到猎物的上方，伸出利爪，准确地抓住猎物。一旦被抓住，猎物就绝无挣脱的可能：猫头鹰的爪子极其有力，最大的猫头鹰施加在猎物上的力可以达到130牛顿，这相当于一个十几千克的石头压在猎物上。

猫头鹰并不具有魔力，而是一个精致的黑夜捕猎机器，历经数百万年逐渐进化而来。我们对它的构造了解得越多，就会越是惊叹大自然的神奇。这正是科学的魅力之所在，胜过了魔力。随着年龄的增长，我们对童话乃至对文学的兴趣也许会降低，但是一旦学会欣赏科学之美，对知识、对科学的追求却会与日俱增。希望这本猫头鹰的故事，能够引领你走进科学之门，去感受科学的无穷魅力。

2017. 8. 31.

紫光大陆地图
冰封海峡
无人湾
自由洋
蝙蝠角

荒凉高原
野马坡
野狼铺子
大蓝蝶保护区
西北大草原
大泥坑
鸟鸣涧
猫头鹰联合国
松树河口
火焰山
大岩海岬
礁石群岛
火焰岛

北洲苔原
大北雪山
星宿大沼泽地
麋鹿坡
河狸谷
白杨溪
雪枭岭
绿野森林
松鼠林
松
树
河
猴村
兔子谷
水果糖小湖
火狐狸洞
绿野市
火狐狸村
爪爪海峡
火焰海
爪爪岛

绿野大陆地
玫瑰谷
山丹大草甸
白龙江
东部大草原
东郊镇
大羚羊圈养场
五公里国
侧斑蜥蜴国
弱水河
狂野大沙漠
骆驼冈
杜松子城
伯劳庄
走鹃寨
岩石堡
卵石堡

目录

第一章

森林纵火案

1

猫头鹰探长阿威昨晚在绿野森林里巡视了一夜，活捉了好几只肥老鼠，肚子吃得饱饱的。

天色微明，淡淡的晨光从东方荡漾开来。阿威昏昏欲睡。

他展开翅膀，悄无声息地滑向自己的小窝。

他那单身汉的小窝是一个隐秘的树洞，空气清新，视野辽阔，整洁舒适。

阿威收起翅膀，栖在小窝的树枝上，最后扫视了一遍刚刚从睡梦中苏醒的大森林，眯上了锐利的大眼睛。

忽然，他睁开眼睛，侧着耳朵，皱起眉头，伸长了他那能转动270度的脖子。

什么味道？东边天际那片雾气……是霞光……还是……烟火？他感受到了林中各种不寻常的骚动不安。

他跳起来，笔直地朝着东边那个可疑的地方飞去。

几只小鸟惊慌地迎面飞来："阿威探长，鸟鸣涧着火了！"

"西南方向安全！往那边飞！快！"阿威边喊边加快

速度飞向鸟鸣涧。

2

越来越多的小动物出现在逃命大军里。

"阿威探长，兔子谷着火了！"兔子大叔背着小兔子妹妹阿朵，边跑边喊。

"火狐狸洞那一带也烧起来了！"火狐狸精的红尾巴一闪而过。

"还有猴村！"银背猴王气喘吁吁。

"我们松鼠林也着了！我们的粮仓保不住了，呜呜呜……"几只小松鼠哭哭啼啼，话还没说完，就已经慌慌张张地跑远了。

阿威觉得喉咙发干。短短的时间，至少出现五处着火点，怎么回事？就算他是个经验丰富的探长，一时也有点蒙头了。

阿威长这么大，还从来没见过森林火灾。灰发苍苍的老姑婆曾经告诉他，十多年以前，绿野森林里动不动就会来一场火灾，有时候是雷电引起的，有时候是炽热的阳光下一小段枯木自燃引起的，当然，有时候免不了是人类无意间扔掉的一个小烟头引起的。那些森林火灾一烧起来，小则烧光一个山谷，大则绵延数十里，把整座整座雄伟的山头烧成一片焦土。

老姑婆活了很久，一肚子故事，最喜欢回忆过去。她给小猫头鹰们讲过很多逃离火灾的悲惨故事。每次说到火灾之后，那遍地的动物尸体和植物残骸，以及空气中那浓重的动植物被烧煳的恶心味道，老姑婆都忍不住要掉眼泪。

但是这十多年来，绿野森林的人类护林队招兵买马，对绿野森林火灾"零容忍"，尽心尽力清除一切火灾隐患。除了地面观察哨所，护林队的直升机每天在空中巡逻两次，只要发现一丁点火苗，空中和地面消防队就立即出动，设置隔离带、撒灭火剂、喷水……三下五除二就把火苗扑灭了。

老姑婆说，感谢人类护林队，这十几年来，这片原始大森林树木繁茂，植被迅速恢复，动物们安居乐业，儿孙满堂。"这十多年真是我们绿野大森林的居民千年不遇的好日子啊！"每次说到这儿，老姑婆就一脸的幸福和满足。

可是眼前，森林火灾又死灰复燃了。越往东边飞，阿威就越发明显地感觉到烟雾越来越浓了。

现在正是干燥的夏季，森林地面堆满了这十多年积累下来的树枝、树皮、枯叶，这些可都是上好的燃料，大火一旦蔓延起来，后果不堪设想。想到这儿，阿威心急如焚，仿佛心头也烧起了一把野火。

3

两只健壮的猫头鹰大叫着阿威的名字急速飞过来。是阿威的得力助手大嗓门猴面侦探和机灵鬼肉球侦探。

猴面和肉球都是猫头鹰联合国侦探所的特级探员，无数次与阿威一起出生入死，既是阿威的下属，也是阿威的好朋友。

"猴面，你赶快去绿林卫队，告诉红喙队长，至少有五处着火点，请他们赶紧组织大家疏散。肉球，你跟我来！"

阿威和肉球全速向烟雾升腾的地方冲去。

他们看见前面火光冲天，于是迅速拉升，直刺高空。

这里是鸟鸣涧，植被覆盖率几乎百分之百。除了翠绿高大的年轻树木，这里还长满了枯枝累累的老树、密密匝匝的喜阴矮树、成片的茂密野草。很多腐烂死树倒在地上，上面布满了蘑菇和苔藓。

这里昨天还是动物的乐园。无数的鸟儿在树上、草丛里建造了各自的鸟窝。现在，那些曾经温暖舒适的鸟巢遇火便着，火苗呼啦啦地飞腾起来，几秒钟之内鸟巢就化为灰烬。

火光升腾，阿威和肉球向更高处飞去。

他们俯瞰火海，惊奇地发现，烈火并没有失控，只是集中在一片林地里燃烧，似乎有一只看不见的手在遥控着火情。

小动物们早就四散而逃。树木花草呼呼燃烧的声音，单调而寂寞。空气搅动着，烟雾和灰烬在空中舞蹈。在这熊熊烈火的摧残之下，森林竟然反常地显露出一种前所未有的沉寂。

所幸没有看到动物伤亡。仔细巡视几遍之后，阿威和肉球继续向东飞去，更大的浓烟在前方升起。

他们陆续经过了兔子谷、火狐狸洞、猴村、松鼠林。

很快，他们发现，所有的着火点都有一个共同特点：火势集中在一个特定区域，没有蔓延开去，相互之间也都距离很远，五个火点并没有彼此连片地烧起来。小动物们因此都得到了宝贵的逃生机会。

阿威悬着的心略微放松了一些，但他心头的疑虑却越来越重。太奇怪了，十多年没火灾，一烧起来就烧了五个地方，但每个火点的火势都没有猛烈扩散。

"有人故意纵火！而且不止一人！"阿威心头电光石火地一闪。

"肉球，你立即去通知阿历克斯，报告火情，请人类护林队迅速出动人马灭火！我再到前面去仔细看看！"

蓝绿鹦鹉阿历克斯是人类护林队队长阿海的宠物，他精通各种语言，是阿威的知心好友。肉球听令，立即朝右转个弯，向南边的护林队哨所飞去。

阿威闪电般飞向火势最盛的松鼠林，如同一道灰影瞬间融化在蓝灰色的天空中。

4

　　整个绿野森林里树木最繁盛的地方，无疑是松鼠林。这里是绿野森林最核心的地带，上百年树龄的老树比比皆是。

　　阿威飞翔在高空，灵敏地穿梭在火光浓烟中，搜寻着每一处可疑的地方。瞧，那个地方本来有一棵三百岁大红松，上个月灰松鼠奶奶还在那里庆祝了她的30岁大寿。记得那天这棵大松树热闹极了，至少有上千只松鼠在上面蹿来蹿去。

　　可是现在，这个地方只剩下一个大坑，大红松被连根挖走了。

　　"唔，太奇怪了。"阿威心想。

　　"救命！"前面隐约传来急切的呼救声。

　　阿威大惊，迅速循声飞去。

　　在一片火海中，他看见一个灰白色的身影。是一只娇小的猫头鹰姑娘！

　　猫头鹰姑娘显然是被一丛烧断的树枝卡住了，她拼命地不停扑扇着翅膀，却无法挣脱树枝的缠绕，眼看火势就要蔓延过来了，猫头鹰姑娘尾巴上的一根羽毛已经起火了。

　　阿威立刻疾冲过去。烈焰的灼热迫使他微微眯起了大眼睛。

他抓住还在冒烟的滚烫树枝，猛地一拽。树枝折断了，哗啦啦地落下去，砸到树下的火堆里，"噗"地蹿起火苗，噼啪燃烧起来。

猫头鹰姑娘一个翻身，张开亮闪闪的双翅，灵巧地跃到空中，一飞冲天。好漂亮的姑娘，好矫健的身手，阿威心中暗暗赞叹。

他随着猫头鹰姑娘飞到高空，帮她把尾巴尖上的小火苗扑灭了。

阿威这时候才注意到猫头鹰姑娘不是空着爪子的，她的双爪里还抱着一个毛茸茸的灰色小动物。

他们一直飞到附近一个没有着火的地方，才双双降下来，落在一棵大松树上。

5

猫头鹰姑娘把小动物轻轻放在树枝间。阿威这才看清楚，那是一只小灰松鼠。小灰松鼠眯着眼睛，昏迷不醒。

大松树下有一条小溪在叮咚作响。这条小溪水是从大红松北边的星宿大沼泽地流过来的，和往常一样清澈。溪水在林间跳跃，一直流到雪枭岭南部的山谷，在那里和其他十几条小溪水汇聚成松树河。松树河一路蜿蜒向西，穿过整个绿野森林，最后在靠近火焰岛北峰的松树河口流入湛蓝的火焰海。

猫头鹰姑娘飞下松树，啄了一片宽大厚实的草叶子，用草叶盛了一些溪水。她把叶子端得平平的，稳稳飞回到大松树上，把溪水一点一点倒进小灰松鼠的嘴里，还在小灰松鼠烧伤的小脸上撒了一些清凉的溪水，为他清洗伤口。

小灰松鼠呻吟了一声，慢慢睁开了眼睛。"谢谢你救了小灰，猫头鹰姐姐。要不是你，小灰就死了。"小灰望着猫头鹰姑娘，成串的眼泪顺着鼻子流下来，看得阿威鼻子也酸了。

"先别说话，好好休息一会儿。"猫头鹰姑娘微笑着，温柔地对小灰说，"是他救了我们，"她指了指阿威。

猫头鹰姑娘那副娴静、洒脱而坚韧的模样，令阿威怦然心动。她俊俏的脸庞和健美的身体上，脏兮兮地布满了黑的灰的烟痕，在那点缀着可爱的乳白色小斑点的尾巴上，一些羽毛被烧焦了，但在阿威的眼里，她是世界上最美的姑娘。

猫头鹰姑娘发现了阿威凝视的目光，微微一笑："我叫阿雪，谢谢你救了我们。"

"我，我叫阿威，"阿威咳嗽了一下，"我是猫头鹰侦探所的探长，救你们是我应该做的事。"

"啊，你就是大名鼎鼎的长毛灰影快如闪电的阿威探长啊！"阿雪愉快地张了张翅膀，"有多少骗子小偷听到你的名字就会发抖啊！我是猫头鹰生态研究所的研究员，我们搜集了很多关于你和你的侦探小队护卫大自然的资料。"

阿威听到阿雪说起自己的名号，很不好意思，但心里头却美滋滋的。他还没想好要说什么，小灰又呻吟了一声。

6

阿威和阿雪连忙转向小灰。

"你好些了吗？"阿雪俯下身去，仔细观察小灰的状况。

"我好多了。可我家的粮仓全毁了，呜呜呜……"小灰抽抽搭搭地哭起来。

"不要紧，冬天还早着呢，你们可以再重新收集食物。大火只烧掉了一小片松树林。"阿雪安慰小灰。

阿威："大家都逃走了，你怎么落下了？"

小灰："昨晚我值班，不小心睡着了，等我醒来，发现三百岁大红松不见了。我大吃一惊，想去通知大家，可是还没跳几步，大火就一下子满世界烧起来，把我围住了。"

阿威："你最后一次看见大红松是什么时候？"

小灰"我睡着前看见它还好好的，耸立在星空下，树梢上挂满了星星。大树底下有我们的一个大粮仓，呜呜呜……醒来都不见了。"

阿威："你睡着以后没有听到什么不寻常的动静

吗？"

"嗯……夜里我好像听到大松树那边有人类说话的声音，但是声音很轻。我是睁了一下眼的，隐隐约约好像有昏暗的光亮。可是我太困了，而且我自信隐蔽得特别好，一点都不担心会被人类发现，所以我就继续呼呼大睡了。"小灰一脸羞愧。

"唔……"阿威沉吟着，"人类……纵火……"

"这森林大火烧得太奇怪了。"阿雪说。

阿威："唔？"

"我就住在雪枭岭那边。"阿雪指了指东边终年积雪的一带山岭。那高高耸立在天际的，就是绿野森林的最高峰雪枭峰。

阿雪："昨晚我刚好出门了。看到鸟鸣涧着火后，我担心雪枭村也被烧到，赶紧往家赶，一路上却发现火势并没有蔓延到东边来。路过松鼠林，我看到大红松不见了，就飞下去查看。它显然是被挖树机挖走的，地面上还有很清晰的车轮痕迹，一直往那边去了。"阿雪又指了指南边森林环山公路的方向。

阿威："后来呢？"

"我正想去环山公路那边看看，就从四周听到了奇怪的声响，接着火忽然就蹿起来了。我赶紧飞起来查看，发现大火是从大红松树坑旁边的林子里烧起来的。但非常非常奇怪，好像有一道看不见的围墙把火圈起来了，大火只是在一个很大的圈子里燃烧，并没有没头没脑地四处乱窜。接着我看到小灰被大火困住了，就飞下来救他，没想到我自己也被困住了。”

7

阿威环顾四周。他们现在栖身的这片林子，和大红松树坑咫尺之遥，却一点过火的痕迹都没有。

这时候，松鼠林的火势渐渐变小了。呛人的空气中，竟然飘散出一丝松脂松果的香味。

小灰不禁快速扇动鼻翼，“好香！好香！”

阿威和阿雪会意地点点头。阿威抓住小松鼠，和阿雪飞起来。

他们飞到大红松树坑的上空，只见零星的火苗正在虚弱地摆动，摆不动了，就“啵”地熄灭了，最后一股黑烟袅袅上升、消散。

“我们的粮仓！”小灰不顾一切地喊叫着，挣扎着要跳下去，也不怕这么高掉下去会摔死。

阿威和阿雪带着他飞下去。

大红松的树坑里散发着松仁的清香。

小灰急不可耐地蹿向地面，三蹦两跳，瞅准一个地方，撅着蓬松的大尾巴，开始疯狂地刨坑。不一会儿，小灰刨出一大堆松果，香气四溢，松仁都被烤熟了。

“吱吱呀——！”小灰高兴地大喊大叫起来。

"阿威探长！"不远处传来猴面侦探的大嗓门。

几个猫头鹰绿林卫队的队员跟着猴面一起飞过来。

"情况怎么样？大家都安全疏散了吗？"阿威问。

"都疏散了！有些动物受伤了，正在救治。目前还没有收到一例死亡报告。五个着火点的大火都自己熄灭了。太奇怪了！"猴面说。

"请你们把灰松鼠王子、银背老猴王、火狐狸精、兔子大叔、孔雀仙子都带到这里来。"阿威对猫头鹰卫队的那几个队员说，"告诉他们，我需要他们的配合，调查清楚大火到底是怎么烧起来的。"

几个队员领命而去。

8

不一会儿，灰松鼠王子、银背老猴王、火狐狸精、兔子大叔、孔雀仙子先后来到老红松的大坑前，他们分别是松鼠林、猴村、火狐狸洞、兔子谷、鸟鸣涧推选的居民代表。

"看我们的粮仓，保住了！"小灰一看见松鼠王子，就扑过去紧紧抱住，兴奋地大声报告这个好消息。松鼠王子也一把抱住小灰，不敢相信失踪的小灰竟然毫发无损地活着。

"阿威探长，我怀疑是她放的火！"松鼠王子愤怒地指着火狐狸精。

"你血口喷狐！"火狐狸精涨红了脸，狠狠地盯着松鼠王子，眼睛里像是要射出小利剑，"我把我们狐狸自己的家园烧掉，对我有什么好处？"

"那你为什么一大早鬼鬼祟祟地跑进松鼠林？过后没多久大火就烧起来了！"松鼠王子恨恨地质问。

"我在躲避人类！"火狐狸精怒气冲冲地说，"见到人类就躲，难道不是我们的天性吗？！"

松鼠王子虽然很生气，却也再说不出什么话来。

阿威问火狐狸精："你在哪儿看到人类的？"

"这个嘛，啊，嗯，在鸟鸣涧附近。"

"你一大早又跑到鸟鸣涧去干什么？难道又想偷我们的小雏鸟吗？"孔雀仙子恼怒地说。

"不是的，我本来是要去兔子谷抓兔子的——兔子大叔你别生气，我们狐狸总得活下去吧！而且如果我们不吃小兔子的话，你们小兔子繁衍那么快，不是要把草地都啃光了嘛，那时你们整个族群都得喝西北风啊——啊好好好，我不啰唆了——但是我忽然听见兔子谷口有人类的说话声，我赶紧顺着山谷往西北方向跑，想转到鸟鸣涧那条路去，再绕道向南折回家躲起来。但是我刚跑到鸟鸣涧，迎头就看见三个人类全副武装地从车里走出来，吓得我双腿直打哆嗦。幸亏我躲在茅草丛里，人类没有看见我。我本能地觉得人类今早不太正常，好像在执行什么奇怪的计划，我最好远远躲开。于是我只好沿着山坡向东跑，一路都躲在草丛里，我打算绕到松鼠林再南下回家。没想到在松鼠林被松鼠王子瞅见了，可我真没纵火啊！等我南下再向西转回到火狐狸洞，我家都被烧成一个大火球了！幸好我那些小崽子们还算聪明，自己一个个都逃跑了。"火狐狸精口才真不错，这一大串说下来，倒是说得清清楚楚的。

9

"我们猴村昨晚也有人类出没。"一直没作声的银背老猴王说话了，"我们的哨猴亲眼看见他们挖走了三百岁老红松，然后从猴村南下运到环山公路那边去了。"这个线索倒是和阿雪看到的情况吻合了。

阿雪若有所思地说："这样说来，是人类纵火无疑了。问题是，到底是谁干的呢？难道就为了偷一棵古树？但是他们已经把树都挖走了啊，说不通啊。哦，让我再想想。"

听了阿雪的话，阿威忽然想到了什么，他心里责怪自己怎么直到现在才注意到这个不同寻常的疑点：护林员都去哪儿了？往常，绿野森林哪怕出现一丁点儿小火星，护林队都如临大敌，直升机马上就冲到火灾现场开始灭火，今天火都自己烧灭了，怎么还不见护林队的影子？护林队一定出问题了！

"火狐狸精，你看见的那三个人类，穿着什么衣服？开的什么车？你为什么说他们全副武装？他们穿戴了什么装备？"阿威问。

火狐狸精眯上眼睛，仔细回忆："嗯……他们穿着绿色的制服，戴着头盔和面罩，开的是一辆绿色大卡车，敞开的车厢里装满了刚砍下来的木头。对了，对了，他们肩膀上有个徽章，好像是几片绿色的叶子！"

阿威大吃一惊："绿色的叶子，什么形状？什么图案？"

"让我眯紧眼睛，好好回想。嗯，应该是三片椭圆形的小叶子聚拢重叠成一朵小花的样子。"

阿威的心顿时一片冰凉。这是护林队的标志。但是他不敢相信自己的判断。护林队怎么会纵火呢？他们多年来辛辛苦苦，对森林火灾零容忍，使得绿野森林十多年没有发生一起森林大火。绝对不可能！

肉球呢？他怎么还不回来？阿威茫然地向南边那绿海之巅的护林队哨所望去。

10

"这和我的猜测完全一致。"阿雪轻轻开口了，"是护林队故意放了五堆火，为了保护我们的绿野森林。"

"啊？""什么？""不可能！""我不信！""一派胡言！""说不通！"

除了阿威，其他所有在场的动物都觉得阿雪的话简直莫名其妙。谁也难以相信，对火灾零容忍的护林队，居然就是纵火犯，而且一下就放了五把大火。

"你们听我说，"阿雪耐心地说，"咱们绿野森林十多年没有发生森林火灾了，这表面上看起来是好事，但其实也是坏事。你们看一看，我们周围的花草树木繁茂到了何种地步，这是我们猫头鹰联合国两千年历史上从来都没有过的。其实这样也是违背自然规律的，总有一天，会有一个小小的火灾没法及时被人类扑灭而不可遏制地蔓延开去，现在植被越好，那一天的火势就会越大。这场超大的火灾是那么猛烈，就像积聚了十多年能量的火巨人，会把我们的森林烧到它再也烧不动为止。"

大家都听傻了。半晌，阿威才回过神来："你的意思是说，森林野火是不可能完全制止的，零容忍政策只会推迟它的爆发，而且推迟得越久，后果可能就越严重？"

"正是这样的。"阿雪很高兴有听众听懂了她在说什么，"我听说，最近在好几个实行火灾零容忍政策的大森林爆发了超大火灾。有的森林几乎被烧掉了一半以后，火势才被控制住。护林队其实已经意识到，野火也是森林自然生态一个不可缺少的部分，有些地方的护林员已经不再试图去扑灭自然因素引起的野火，而是任由它去燃烧，只要不涉及生命和财产的安全就行。还有些地方的护林员，时不时在严格的控制下，有选择地放火烧掉一部分森林，让森林恢复自然平衡。"

阿威："唔，我以前只知道，过度砍伐森林是破坏自然平衡，今天才意识到，过度保护森林其实也是在破坏自然平衡啊。”

阿雪：“就是这个道理。”

阿威：“今天这火刚烧起来的时候，看着满地的枯枝树叶，我心里那个急啊！都不敢想火真烧起来会烧成什么样子。”

猴面侦探、兔子大叔、火狐狸精、银背老猴王、孔雀仙子、松鼠王子以前也从没想过这个问题。现在，他们都微微点着头，陷入了沉思。

11

“嘎！嘎！我来啦！我来啦！火灭啦！火灭啦！”蓝绿鹦鹉阿历克斯的尖叫打破了松鼠林的寂静，他这四句话用了四种不同的语言，其中包括人类的语言。机灵鬼肉球心急火燎地跟在阿历克斯的后面。

阿历克斯笑哈哈地飞过来。肉球不满地瞪着他。

“你们受惊了，火灭了啊！嘎！嘎！”阿历克斯想解释什么，却欲言又止。这跟他平时动不动就滔滔不绝长篇大论的做派可不太一致。

“我们已经知道了，是护林队有意放了五堆大火，为了保护我们的绿野森林。”阿威故作平静地说。

肉球：“啊？怪不得他们一点都不急！”

阿历克斯惊讶地看看阿威，再看看其他动物：“你们怎么知道的？太聪明了吧！”

阿威他们都故作神秘地笑了。阿历克斯不明所以，伸长了脖子站在那儿傻笑。

"对了，护林队把我们的三百岁老红松运到哪儿去了？"松鼠王子问。

"运到那个老红松已经灭绝的死气沉沉的火焰岛去了！"阿历克斯又开始口若悬河，"它将在那儿重新扎根大地，生儿育女，再繁衍出一大片红松林来……嘎，替护林队说声对不起啊，他们事先没跟你们商量就把它挖走了。"

松鼠王子："没关系，三百岁老红松我们这里多的是！"

大家齐声哈哈大笑起来。

第二章

黄光萤火虫之死

1

三百岁老红松原先所在的这片林间空地，是北方的星宿大沼泽地蔓延过来的一片湿地。这里水草丰美，一直是各种昆虫的乐园。火灾的痕迹很快被森林无穷无尽的生机所覆盖，几周过去，这片被烧焦的林间空地就又变了颜色，绿草盈盈，野花烂漫，再次成为一个天然的舞台，每天夜幕降临，无数的萤火虫就开始在这里表演。星星点点的灯火，明明灭灭，焕发着奇光异彩，装饰着清凉的夜空，漂亮极了。

蓝绿鹦鹉阿历克斯生性爱热闹，爱开玩笑。他太喜欢看萤火虫的灯火表演，几乎场场不落，恨不得和每只萤火虫表演家都亲密互动一番。

8岁的小主人阿阳最近来绿林哨所看望爸爸，顺便度春假，阿海给儿子买了很多玩具。这天傍晚，阿历克斯又趁着阿阳没留意，在他那堆LED七彩小手电里胡乱扒拉，挑了一只艳丽的黄绿色灯筒的。阿历克斯太喜欢摆弄这些会发光的小玩意了。

阿历克斯假装若无其事地再次四下看了看，发现仍旧没人注意他，就迅速用他那两根趾头朝前、两根趾头朝后的大爪子紧紧抓住小手电，倏地飞出窗外。

他径直来到林间空地，停在一丛新长出枝叶的矮小灌木上。"嘎哈，视线最佳，雅座免费。"他得意扬扬地暗自嬉笑着，一只爪子握住灌木树枝，另一只爪子举起小手电，模仿萤火虫的样子，一下一下地用又硬又尖的喙去啄小手电的开关，小手电于是一闪一闪地发出黄绿色的光芒，与一些萤光几乎同步。有时候，他还真能吸引一些萤火虫飞过来。每次看到有萤火虫被吸引过来，阿历克斯就开怀大笑。飞过来的萤火虫表演家却没有那么开心，他们一发现是阿历克斯在捣鬼，就都气恼地扭头飞跑了。

在不远处的树枝上，栖着阿威和阿雪。今晚月色朦胧，诗情画意，阿威特意邀请阿雪来看灯火表演。他们一边观赏，一边呢喃细语，时不时轻声欢笑。阿历克斯嘎嘎嘎的笑声引起了他们的注意。

他们低下头去，看到阿历克斯玩的把戏，不禁哑然失笑。他们没有打扰阿历克斯的好兴致，依然沐浴在甜蜜的月光里，愉快地谈天说地。

2

月亮钻进一片灰蒙蒙的云雾里，微风阵阵，树影婆娑。一群萤火虫聚拢在小灌木丛上，围住了阿历克斯，激动地抖动着小小的身体。阿历克斯哇啦哇啦地大叫着，好像在辩解着什么。

阿威灵敏的耳朵立即竖了起来。他无声地展开翅膀，阿雪也跟着展开了翅膀。

　　"出了什么事？"阿威盘旋在小灌木丛上空，大声询问。

　　"他吃掉了我们的男朋友！"这群萤火虫姑娘嘤嘤地哭喊着。

　　"怎么可能！我喜欢萤火虫……啊，不，我是说我喜欢萤火虫的灯火表演……我肚子吃得饱饱的，一点都不饿……你们萤火虫的肉也不好吃，还有毒！嘎！"阿历克斯头上的羽毛全直愣愣地蓬起来，嘴里呜哩哇啦一刻也不停地为自己辩解着。

　　萤火虫姑娘们听了，却更加肯定阿历克斯就是凶手："他用黄绿光欺骗我们黄光萤火虫，他说他喜欢萤火虫，他说他肚子吃得饱饱的，他把我们的男朋友吃掉了，他还嫌我们的肉不好吃，嘤嘤嘤……"

　　阿历克斯急了："不是的，不是的，我吃的是虫子和谷粒！"

　　"嘤嘤嘤，我们萤火虫就是虫子，你吃掉了我们的男朋友，嘤嘤嘤……"

　　"不是的，不是的，萤火虫的肉有毒，我从来不吃……"

　　但是没有萤火虫姑娘再听阿历克斯啰唆了，她们纷纷愤怒地指着阿历克斯，请阿威探长匡扶正义，严惩凶手。

　　现场一片混乱。

"请大家都安静！"阿威一叫，大家都安静下来。

3

阿威轻轻落在灌木枝上。"我刚才一直在高处，这里的一切我都能看得清清楚楚，阿历克斯只是在和萤火虫做游戏，他确实没有吃萤火虫。"

阿雪也点点头，表示赞同。她同情地看着萤火虫姑娘们。

"听听，听见了没有？我没吃萤火虫！嘎！"阿历克斯头上的羽毛放松了。

"那我们的男朋友到哪儿去了？嘤嘤嘤，嘤嘤嘤……一眨眼的工夫，他就消失不见了……"

"嘎！'他'，不是'他们'啊，搞了半天，只有一个男朋友啊？我还以为你们的男朋友们都不见了，原来你们一共只有一个男朋友……"阿历克斯又管不住自己的舌头了，开始咬文嚼字、评头论足起来。

"谁说我们一共只有一个男朋友，我们有很多男朋友……"萤火虫姑娘们气愤地叫嚷起来。

见阿历克斯一脸困惑的样子，阿雪悄悄对他说："萤火虫是多夫多妻制的。"

"噢！"阿历克斯夸张地做出恍然大悟的样子。

阿威清了清嗓子，示意大家安静。阿历克斯和萤火虫姑娘们又都安静下来。

“你们被吃掉的……唔，失踪的男朋友是谁？”阿威有些奇怪这些萤火虫姑娘怎么那么确定她们失踪的男朋友是被吃掉了。

“他是黄光萤火虫里最帅最帅的北斗哥哥。”很多萤火虫姑娘们闪起黄绿光，一个姑娘满脸深情地说：“他是我们最喜爱的一个。”

“嗯……我最喜欢的，是北斗哥哥的小弟弟，七星哥哥。”一只小萤火虫姑娘害羞地说。

“七星哪有北斗漂亮？”另外一只萤火虫姑娘不同意。

“对，北斗最强壮了!”

“不对，七星更强壮。他昨晚打败北斗了!”

“不对，北斗后来又打败七星了!”

“不对，今晚七星又赢了，他把北斗打翻了！”

……

萤火虫姑娘们吵得不可开交。

<h2 style="text-align:center">4</h2>

“请安静!”阿威又大喝一声。

萤火虫姑娘们不情愿地暂时结束了争吵。

“北斗和七星经常打架吗？”阿威问。

“是啊，他们关系不太好，因为……嗯，他们都想做我们的男朋友。"萤火虫姑娘们说着又闪起黄绿光来。

"看，看，七星在那里！"最喜欢七星的那只小萤火虫姑娘欢叫起来，紧接着对七星回应了一个持续了半秒钟的迷人闪光。

阿威和阿雪向七星望去。他正在翩翩起舞。他先是靠近地面飞行，每隔6秒钟发出一次黄绿光，持续大约半秒。发光的时候，他就向上飞行，形成一个漂亮的J字。见到七星俊雅的身姿和闪亮的光芒之后，好几个萤火虫姑娘忍不住在2秒钟之后同时发出一次持续半秒钟的黄绿色闪光来响应他。

七星很快朝这边闪闪的回应光飞过来，一头撞到阿威爪下。

"你哥哥北斗呢？"阿威问七星。

"我不知道，我也不关心。"七星骄傲地说。

"听说你们关系不好？"阿威问。

"是的，非常不好。糟糕至极。我不喜欢他，他也不喜欢我。"

"你哥哥今晚失踪了，你知道吗？"

"啊！我不知道！"七星顿时满脸惊恐，"他一定是被恶魔吃掉了！"

"唔！你今晚都做了什么？"阿威不动声色地问。

"我一直在和女朋友们跳舞。北斗还故意假冒女孩子们的闪光回应我，骗了我好几次，我气得把他打翻了。"
七星说。

这时，那只小萤火虫姑娘说："我可以作证。七星也
和我跳舞了，我一直在关注着七星，我通常只关注他一
个……他是雄虫里最最可爱的。连北斗来找我跳舞的时
候，我也在关注着七星。所以我敢肯定不是七星干的。"

"我们虽然经常打打闹闹，但他毕竟是我的亲哥哥，
我不可能杀死他，关键时候我一定会保护他的生命。我相
信他也一样。"七星咬着牙，"这次我一定要找到凶手，
为哥哥报仇！"

"这次？"阿威扬起眉毛，"难道以前也发生过这样
的事？"

"是的，"七星不由自主打个寒战，"在我们中间，
隐藏着残忍的职业杀手，一代又一代，我们被无声无息地
杀死。这是我们纳斯家族的痛苦和耻辱。"

"嘤嘤嘤，嘤嘤嘤……"那群萤火虫姑娘全都悲伤地
哭起来。

"我们继续跳舞去吧，让我们生出更多健康的宝宝，
即使我此生不能抓住凶手，总有一天，我的子孙后代也会
找到那个坏蛋。"七星眼里闪着泪光。

"不是他干的，让他们去吧。"阿雪悄悄对阿威说。
阿威点点头。小萤火虫姑娘的证词很可信，七星有不在犯
罪现场的有力证据。

"好的，你们去吧。一路保重，我会尽全力帮你们查明凶手。"阿威对这群不幸的萤火虫说。

萤火虫姑娘们随着七星钻进草丛。

5

"会是谁干的呢？我们鸟儿是不吃萤火虫的，有毒啊！你刚啄一下萤火虫，他们就流出一滩毒汁，就像癞蛤蟆的毒素一样！嘎呀，吓死鹦鹉宝宝了！他们的小不点儿也有毒啊！你只要轻轻碰一碰、摇一摇那些小小的卵和小小的幼虫，他们就示威一样地闪起光，就好象在发出警告：'别碰我！我有毒！别吃我！我危险！'嘎！我只是想一想把它们吞下去都觉得恐怖呢！恶心！发抖！嘎！"阿历克斯发表完高见，还打个激灵，发一下抖，也不知道是装抖还是真抖。

阿威："唔，萤火虫敢于在黑暗中发光，公然把自己暴露给天敌，就是因为他们体内有毒素。有没有不怕萤火虫毒素的生物呢？"

阿雪："阿历克斯说得对，不可能是鸟儿干的。据我所知，也不会是蜘蛛、蜥蜴干的，他们也都害怕萤火虫的毒素。"阿雪是猫头鹰生态研究所的一级研究员，她的话应该是有事实根据的。

阿历克斯："会不会是植物干的？食蝇草？猪笼草？大王花？"

阿雪："这里没有食蝇草、猪笼草或者大王花。而且七星他们这种萤火虫成虫是不吃东西的，通常捕食昆虫的植物很难逮住他们。”

阿威盯着夜空中闪闪烁烁的萤火虫灯火，感叹道："萤火虫从蛹化为成虫以后，只有几周的生命，为了尽快繁殖出后代，他们只顾得上吃花蜜和花粉，甚至什么都不吃。只是为了寻找伴侣，留下自己的后代，他们才冒险发光，演出这样美丽的灯火，最终的结局竟然还是要付出生命的代价。"

阿雪："他们真称得上是进化的奇迹呢。全世界大约有2000种萤火虫，我们绿野森林的萤火虫大多属于两个属。身体较小、发黄绿光的是纳斯属，七星和他的女朋友们就是这个属的。体型较大、发绿光的是瑞斯属。"

阿历克斯："啥叫'属'？嘎，听起来，'属'应该比'种'要大？全世界总共2千种萤火虫，嘎，咱们绿野森林不会只有两种吧？那也太少了吧？"阿历克斯有点不太高兴，他一向以绿野森林为豪，总觉得全世界有的，绿野森林肯定也都能找到。

阿威一下子就看穿了阿历克斯的心思，笑道："你说得没错！属比种大。一个属里，有很多很多不同的种呢！咱们绿野森林，肯定有不止两种萤火虫。"

阿雪："是的。要知道，同一属的萤火虫，就算不同种，形态也大都长得很相似。"

阿历克斯："嘎！那我怎么才能区分同一属里不同的

种呢？”

阿雪："最主要的办法就是看他们的发光模式。不同种类的萤火虫有不同的发光模式，光的颜色、持续时间、间隔、闪烁次数和飞行高度都各不相同。独特的发光密码也能使同种的雌雄萤火虫在黑暗中相互识别，避免出现有害的杂交，进化生物学把这种现象称为'生殖隔离'机制。"

阿威："唔，也就是说，如果我用小手电筒模拟某种雄虫的发光密码，甚至有可能吸引那个种的雌虫和我对话？"

"嘎！嘎！对啊！"阿历克斯抢着说，"你们看，你们看！怪不得刚才我用黄绿光引来了很多黄光萤火虫呢。"

说着，阿历克斯又开始啪嗒啪嗒地啄小手电开关。他快啄一下，又用喙摁住开关慢啄一下。灯光随之快闪一次，又长时间闪了一次。阿历克斯觉得这个发光模式挺好玩，兴致勃勃地又玩了两次。

这时，一只名叫闪闪的莫里斯电码萤火虫飞了过来。"嘿，你在干嘛？"他生气地说："你又不是莫里斯电码萤火虫，为什么要模仿我们的发光模式？"

阿历克斯很尴尬："对不起……"

"请你再也不要这样做了，不然我们会把你当成偷吃我们的凶手，和你拼命！"闪闪愤愤地说完，转身要离去。

“请等一等！”阿威喊道。

闪闪停了下来。

阿威：“唔，你提到偷吃你们的凶手。这是怎么回事？”

闪闪指着灯火表演的巨大舞台。“你看到了吗？我们萤火虫在这个舞台上求偶、交配、繁衍，但有一种恶魔，邪恶地利用了这一点。据我们纳斯家族的古老传说，他们就隐藏在这点点灯火中，但我们根本不知道是哪一点灯火。这难道不是最可怕的吗？你最危险的敌人就隐藏在你的身边，等着你靠近，而你却无法指认他……”闪闪痛苦地哽咽了。

“谢谢你，你去吧。”阿威语调低沉地说。

6

闪闪走后，连一向话多的阿历克斯都沉默了。阿历克斯和阿威、阿雪一起注视着眼前美丽的灯火舞台，罪恶正在这绚烂的灯火下潜行。一闪，一闪，萤火虫们重复着古老的仪式，为了生存，为了后代。

阿历克斯放下小手电，他再也不想玩这个游戏了。

阿威飞起来，去舞台上方巡视。阿雪指着前方：“快看！”

“二亮啊，亲爱的，你死得好惨啊！”一只黄光萤火虫姑娘正坐在下面的草丛里放声大哭。

阿威和阿雪迅速飞过去。

草地上，一只萤火虫雄虫被吃得只剩下几条腿儿，应该是黄光萤火虫二亮。

很多黄光萤火虫聚拢过来。

"二亮每隔2秒发出持续时间2秒的黄光，"七星说，"我刚才还看见他在闪光，好几只雌萤火虫回应他，他选择飞到这里来。只几秒钟的时间，他就被吃掉了！这个杀手太狠毒了。"七星气愤地扇了扇翅膀。

"我有个怀疑对象……"三明悄悄地说，"但是我真不敢说。"他裹紧甲壳，瑟瑟发抖。

"如果你现在不说，下一个被吃掉的，可能就是你！想想你未来的孩子们吧！"七星冷冷地说。

为二亮痛哭的那只萤火虫姑娘爬过来："二亮死得太惨了，求求你告诉我，到底是谁干的？"

三明四下里看看，压低嗓门："这是一个黑暗的森林，谁发光，谁就会被盯上，被干掉。我……我亲眼看见，我哥哥三辉，刚闪了两次，还没完成他连闪三次的发光模式，就被瑞斯家族那只体型巨大的绿光强盗四芒吃……吃……吃掉了……唉……不是我胆小怕事，我真的不敢再发光了。"

"如果大家都不发光了，我们黄光萤火虫难道就等着集体灭绝吗？绝不！"七星一跃而起，"为北斗报仇，为所有被吃掉的黄光萤火虫报仇！”

很多黄光萤火虫响应着七星。雄虫们一起飞起来，去找四芒算账。

7

四芒非常好找，他是萤火虫灯火舞台上最高调的表演家。黄光萤火虫家族的雄虫们很快锁定了四芒，把它团团围住。

“今晚是不是你吃掉了北斗和二亮？”七星面对四芒，个子显得小小的，但他勇敢的气势却令四芒愣了一愣。

“哼哼，没有。”四芒轻蔑地说着，还每隔4秒照常闪一次绿光，吸引着瑞斯家族与他同种的绿光萤火虫姑娘们，完全不把纳斯家族的黄光萤火虫们放在眼里。草丛中，不时有绿光闪烁，回应着他。

“你撒谎。三辉是被你吃掉的吗？”七星质问。

“哪个是三辉？”四芒不耐烦地问，他急着去草丛中和姑娘们约会。

“三明的哥哥。”七星忍住内心极度的愤怒，指着三明。三明害怕地忍不住快闪了三次黄绿光。

“哦，是那个傻小子啊！是被我吃掉的，怎么啦？”四芒骄横地说，“谁让他飞那么慢，挡着我的道？哼，我从来不偷偷摸摸地吃那些劣种虫子。我行不改名，坐不改姓，都是明抢豪夺的，你们能把我怎么样？"说完，他就要向草丛中一点绿光飞去。

"慢着！"阿威大喝一声，伸出爪子，挡住四芒的去路，锐利的双眼紧紧盯住四芒闪烁不定的复眼。

"啊！啊！阿威探长，是你啊！你，你，你总不至于粗暴干涉我的繁殖权吧！繁殖权神圣不可侵犯！"四芒狂妄地喊叫起来，"而且你不能吃我，我有毒！"

阿威："我知道你有毒，我不会吃掉你。我当然也不会干涉你的繁殖权，前提是其他萤火虫的繁殖权也同样受到尊重。"

"哎呀，真罗嗦！好吧好吧，你到底想要怎么样？"四芒叫道。

"为什么要吃掉三辉？"阿威问。

四芒想了想，决定赶紧把眼前这些麻烦事打发了，毕竟虫虫生命有限，繁殖后代最要紧。"我……我……我要是说了，你们可不能告诉别人！这是我们瑞斯家族的秘密。我们……我们……天生不会自己生产毒素，所以，我们只好捕食纳斯家族的黄光萤火虫，这样我们就能把他们的毒素据为己有，也能随身携带毒素，吓跑天敌了。"

"北斗和二亮也是这样被你害死的吗？"阿威问。

四芒："不是，不是，那些真不是我干的！我都是明抢的，他俩不知道是被谁吃掉的。"

8

"我们纳斯家族流传着一个可怕的传说，"七星飞到阿威身边，"有一种发假光的恶魔，一代又一代吃掉我们最强壮的勇士。"

"唔，我刚才听一只莫里斯电码萤火虫说过。"阿威说。

"从破蛹而出的那一刻起，我就时刻在思索这个可怕的传说，我想结束我们纳斯家族悲惨的宿命。"七星说。

阿威、阿雪、阿历克斯都同情地看着七星。

"四芒为了夺取我们的毒素杀害我们。这个神秘的杀手会不会也是为了同样的目的？"说到这儿，七星脸色突变。

他激动地抖动着翅膀，尾巴闪闪发光。

"我想起来了！昨晚，我看到有一只黄光萤火虫姑娘在草丛中回应我，我就向她飞去，刚落地，却发现是四芒的女朋友四灿正在模仿我们黄光萤火虫姑娘的信号诱骗我，当时我立即飞走了。"

"哦，竟然有这种事！"阿威低下头，又盯住四芒。

"四灿现在哪里？"阿威问。

"我不知道……"四芒支支吾吾。

阿威瞪起眼睛。

四芒："我真不知道啊！哎呀，烦死我了！好吧好吧，我帮你把她引出来，你自己去问吧！”

阿威：“那就请你快把她引出来！”

四芒飞起来，开始舞蹈、发光。他先是靠近地面飞行，每隔6秒钟发出一次黄绿光，持续大约半秒。发光时向上飞行，形成一个 J 字。

“啊！这明明是我们北斗七星家的雄性发光模式！”七星大叫起来，所有黄光萤火虫都惊呆了，连阿威和阿雪都不敢相信自己的眼睛。

四芒继续模仿北斗七星家雄虫的舞蹈和发光模式。

很快，不远处的草丛里传来强烈的回应，那显然是一只黄光萤火虫姑娘的回应。那回应的光芒是如此绚丽，连七星都有点抑制不住想要狂奔过去的本能冲动了。

四芒飞过去，落下来。

大家跟着聚拢过去，仔细查看。

9

月亮又钻出了云层，皎洁的月光将草地映照得清清楚楚。

一只体型巨大的绿光萤火虫姑娘，刚刚收起黄绿色光芒，正在呵斥四芒："你又来骗我！趁机要和我交配！我现在需要的是毒素、毒素、毒素！"她歇斯底里地狂叫着，咒骂着，完全没有注意到慢慢聚拢过来的观众。

大家静静地注视着这个传说中凶残、神秘的恶魔杀手。

四芒讪笑着，不自在地扭扭尾巴，"四灿，四灿！"他小声嘀咕着，用翅膀尖指指上空。

四灿奇怪地看看四芒，抬起头来。"啊！"她冲四芒嚷嚷："你怎么回事？你为啥把这些家伙带到我家里来了？哼，你出卖我！看我不吃了你！"她说着，扑上去，抓住四芒，开始咀嚼他的后背。

"住嘴！"阿威边喊，边用利爪把发疯的四灿拎起来，放到四芒旁边。

四灿在草地上打了一个滚，竟然身不由己地抽搐起来。"啊，哦！我要产卵了，请不要打扰我……"她呻吟着，腹部一鼓一鼓地收缩着。她说着就趴在一片草叶上，开始产卵。

大家尴尬地看着四灿。

四灿使出全身的力气，不停收缩腹部，一颗又一颗小小的卵宝宝从她身体里掉出来，挤在一起，粘在草叶子上面。

她一口气产了100多颗卵，草叶上密密麻麻布满了她的小卵。她长舒一口气，爱怜地摩挲着自己的孩子，忘记了周围的一切。

随着卵宝宝的降生，四芒也幸福得像发了疯，不停地手舞足蹈："我做爸爸喽，哦！哦！此生没有虚度！"

四灿疲倦地转过身来，对阿威说："只要别伤害我的孩子，你们怎么对付我都行。”她虚弱地叹了口气，“我可以死去了，我的使命完成了。”她的嘴角浮现出满足的微笑。

“是你吃掉了北斗和二亮吗？”阿威问。

“是的，是的，看啊，我的孩子们都有毒素了。”四灿心满意足地摩挲着她的孩子们。

“你是个谋杀犯！”七星气愤地指控她。

“是的，是的，我承认。为了我的孩子们，我可以做一切事情。”她用仅有的力气，凶狠地瞪着七星。

“现在真相大白了，我们再也不会上你们的当了！”七星说。

“哈哈，你可以这么说。但总有笨蛋会落在我们的爪子里。”四灿的声音越来越微弱。

“我们会进化得越来越聪明，能够识破你这些诡计的黄光萤火虫，比如我，将留下更多后代，他们将一代比一代聪明，你们再也骗不了我们了！”七星说。

“我们也会进化呀，像我这样比你们的姑娘更像你们的姑娘的绿光萤火虫，也会留下更多有毒素的后代，我们的后代也会一代比一代更聪明，总有傻瓜会落在我们爪中。哈哈哈。”她大笑三声，死去了，带着极度满足的笑容。

10

七星气恼地踢了一脚四灿的卵宝宝，被踢到的卵宝宝立即发出微弱的光芒，真的好像是在发警告："别碰我！我有毒！"

四芒冲过来保护这些卵宝宝："不能拿孩子出气，你别坏了我们萤火虫世界的规矩。"他看了一眼阿威，小声但强硬地对七星说："有本事，你们自己进化去！"

是啊，这就是大自然的规则，看谁能进化出更聪明更有力的武器，利用进化的力量与敌人抗衡。

"那我们怎么办？难道我们就真的从此永远不再发光了吗？"三明喃喃自语，若有所思。

七星默默无语。

"东边森林里的好多萤火虫都不发光呢。"阿历克斯不合时宜地发表高见。

夜风微凉，萤火虫雄虫们都疲倦了，他们的生命不多了。他们需要去休息，为明天的灯火表演养精蓄锐。

三明和一些黄光萤火虫陆续飞走了，各自怀着各自的心事。

最后只剩下七星和四芒。四芒不敢走，七星不甘心。

阿威的心情非常复杂。

"萤火虫生命非常短暂。也许明天，也许后天，他们就要死了。谁知道他们还能舞蹈几天呢？"阿雪轻声对阿威说。

阿威点点头。

"去利用进化的力量吧！这是你们能赢得对方的唯一武器。适者生存，这是大自然母亲的规则。祝愿你们的未来更美好。"阿雪对两只敌对家族的萤火虫说。

两只萤火虫怒视着对方，眼里闪烁着仇恨的火焰。他们用力拍打着翅膀，各自飞走了。

11

"在浪漫的萤火背后，隐藏的秘密是如此残酷，却又如此奇妙。"阿威说。

"真不简单！太复杂了！伤脑筋！嘎！"阿历克斯挥舞几下他的手电筒，又赶紧放下了。

阿雪："是啊，看似美好的大自然，就是这样充满了生存的危机和诡计。有时候，在野生动物的丛林中，你根本无法指明正义与自由、邪恶与压迫的界限在哪里。你只好袖爪旁观。"

阿威深有同感："遵循大自然的规律，我只想尽力把我们的世界变得更光明更美好。这也是进化的一部分吧？"

阿历克斯用力点头："幸亏人类社会现在已经进化得很文明了！要是人类也跟野生动物一样自私自利，只知道巧取豪夺，一点都不顾及其他物种甚至同伴的死活，那咱们所有其他动物迟早都得被人类给灭绝了！嘎！可怕！”

阿雪叹口气：“唉，可是你也要看到，人类社会在文明的面纱下面，隐藏着多少野蛮的丛林啊！如果哪一天人类把自己甚至整个地球都给灭绝了，我也丝毫不会吃惊的！”

阿历克斯：“阿海队长就没有戴面纱！阿海队长是个真正的文明人！嘎！”

阿雪被阿历克斯逗笑了：“我绝对同意你这个观点。阿海队长这样的人类，是我们所有地球生物的希望。”

大家沉默了一会儿。

直到阿历克斯打了个哈欠：“我要回去睡觉了！”他说着就飞走了，没留意把小手电落在了草地上。

阿雪看着草地上的小手电，又轻轻叹了口气。

阿威想让她开心一些：“你陪我在林子里飞会儿好吗？看夜色多美好。”

“改天吧，我父亲还在等我处理一些很重要的事。”阿雪说完也飞走了。

阿威孤零零地立在月光下。“阿雪好像有心事，下次我一定要问问她。”他默默地想。

天马上就要亮了。

第三章

哨刺金合欢树的关系网

1

昏迷了16个小时的猫头鹰联合国图书馆馆长智慧的长眉在这天傍晚苏醒了。

他发现自己躺在一个整洁、宽敞的树洞里。空气中飘散着一种熟悉、亲切的潮湿味道。那是一种很久远的味道，是童年的味道，妈妈的味道，他不禁又贪婪地深深吸了几口气。

他刚想动一动，就发现左翅、肚子和整个头部都特别痛，忍不住"哎哟"叫了一声。

一个全身灰棕色、尾巴带着灰白色斑点的猫头鹰女医生闻声立刻出现在他面前，惊喜地说："啊！尊敬的智慧的长眉，您终于醒过来啦！"她连忙过来查看长眉翅膀和头部的伤势，并示意长眉不要乱动。

"我这是在哪儿？"长眉疑惑地转动着眼珠。

"火焰岛的猫头鹰国王医院。我是您的主治医生白云。请您不要乱动，您的伤势还很严重。"白云显然很尊重长眉，但她的口吻里仍然透露出医生特有的权威味道。

长眉只记得他被自己的小弟长尾一爪打晕，其他的什么都不记得了。啊!他想起来了，不禁大喊起来："我的女儿!"

"您放心，冰中烈焰公主一切都好。我马上通知国王侍卫队，他们一直在等着您醒过来。"白云说着出去了。

不一会儿，火焰岛国王侍卫队队长忠诚的惊涛飞进长眉的病房。"仁慈的国王马上就过来。尊敬的智慧的长眉，您现在感觉怎么样?"

长眉一下子就认出了惊涛。一个月前，长眉的大弟长爪国王悄悄去雪枭村看望长眉父女俩时，就是由惊涛陪同的。

"我还以为我要死了。"长眉对惊涛说，"我怎么会在这里?我的女儿呢?"

惊涛："说来话长。这一个月以来，我们一直奉国王的命令，暗中保护您和冰中烈焰公主。今天凌晨，我们布置的两名警卫发现一队蒙面强盗袭击了雪枭村，打伤了很多村民，把您抓走了。两名警卫寡不敌众，就分兵两路，一个暗中跟着你们，另一个火速飞回来报告。仁慈的国王立即亲自带领侍卫队去救您。等我们赶到绿野森林，发现森林着火了，您倒在草地里昏迷不醒。国王决定把您秘密送到岛上，让我们最好的医生仁爱的白云为您疗伤。这时冰中烈焰公主也赶到了，她答应由仁慈的国王护送您上岛疗伤，她自己返回雪枭村去查看火情、安置灾民了。"

长眉听了这番话，再没说什么。他只是锁住眉头，心事重重地沉思着。

2

　　火焰岛的国王仁慈的长爪急匆匆地冲进病房。惊涛退了出去。

　　"亲爱的哥哥，你总算醒过来了。雪山国王保佑！"长爪扑到病床前，握住长眉衰老的爪子，把自己的脑袋轻轻抵在长眉的胸口上，眼泪静静地流下来。

　　经历过太多生死之后，长爪感觉自己再也不能承受眼睁睁看着亲骨肉横死的伤痛了。

　　"我没事，我没事，"长眉用没有受伤的右翅轻抚长爪的脑袋，"我知道你一直在保护我们。"

　　"是什么强盗这么嚣张，竟敢绑架你？"长爪国王擦干眼泪，咬牙问道。

　　长眉沉默了好长时间。"是咱们的小弟长尾。他揭开面罩，盯着我的眼睛。森林的火光映射在他的眼睛里，在他的瞳孔里燃烧。他说他要亲爪杀了我，然后他伸出爪子狠狠地拍在我的脸上。"

　　"天哪！"长爪惊叫，"我知道他向来有些薄情寡义，心机深重，但我总想着那是因为当年被父王和母后给惯坏了。我真万万想不到他竟然会对自己的亲长兄下如此毒手！"

　　"他不仅对自己的亲长兄下了毒手。你难道没有怀疑过为什么你的七个孩子都不明不白地死了？你的王后慈爱的白玉又是怎么死的？"

　　长爪的心一阵疼痛，他几乎喘不过气来。

　　"一直有各种流言传到我的耳朵里，但是我不愿意相信。可是上苍啊，我常常在黑暗中问自己，世界上真的有那么多的巧合吗？……我可怜的孩子们啊！我可怜的白玉王后啊！"长爪怆然泪下，"我知道他想当国王。他为什么不直接把我杀了？为什么要祸害我的妻儿？为什么要去害你？"

　　"你太仁慈了，亲爱的弟弟啊。你回忆一下，你与死神擦肩而过的次数是不是太多了？"长眉说。

　　长爪听了这话，心头一震，神色凛然。

　　长眉："你知道父王暴烈的铁翅当年为什么忽然放逐了我？因为他竟然相信我为了早日继位打算谋害他！是谁的谗言能让他那么深信不疑？他最小的儿子狡猾的长尾。但是长尾再狡猾也有失算的时候，父王虽然喜爱他的伶俐，却仍然在永久放逐我之后，指定你做王位继承者。从那以后，长尾心中对你的怨恨就没有终止过，他认为是你抢走了本该属于他的王位。这么多年来，我心灰意冷，对谁都没有提起过那些往事。我只想隐姓埋名，远离一切烦扰和争斗，安静地在阅读和写作中度过余生。"

　　"但是现在，我不能再沉默了。"长眉痛苦地说，"这一次，他的目标其实是阿雪。他们抓住我之后，给阿雪留了个信息，让阿雪去西北大草原的野狼铺子交赎金救我。我知道阿雪这孩子无论如何一定会去赴约的。我一个糟老头子，只是一个诱饵罢了。如果不是森林突然发生火灾让他们惊慌失措，他急于逃命才想要一爪拍死我，此刻我一定是在野狼铺子的某个陷阱里，等着阿雪自投罗网。"

长爪："我的孩子们全都死了之后，长尾一直鼓动我把他的独子怒焰立为王位继承者。怒焰虽然乖巧听话，也算有勇有谋，但他从小生性残忍、心胸狭隘、喜怒无常，不适合做一国之君。所以我迟迟没有确立继承者。这么多年来，我一直都在惦记着你，一直派鹰打探你的下落。上个月我终于得到了确切的消息，于是我微服私访，去雪枭村看望你。一见到可爱的阿雪，我就下决心把阿雪立为王位继承者。她正直、善良、聪明、博学，有远见卓识，是最合适的选择，我认定她一定能使火焰岛走上复兴之路。我一刻也没有忘记我们的先祖庄严的雪山国王临终前的遗言，'雪羽灰影，火焰重生'，这难道是巧合吗？我不得不相信，阿雪就是传说中那火焰岛的伟大复兴者。在167年前，阿雪就已经被我们的先祖指定为继承者了！但是你根本不愿意听我把话说完，也不许我告诉阿雪她的真实身份，还没说几句话就把我打发走了。所以我虽然下定了决心，但我的这个想法并没有公布，长尾有什么理由要加害阿雪呢？"

长眉叹了一口气："天下没有不透风的墙，长尾一直在监视你啊！你的周围必有奸细。那天我听你说，你的王后和七个孩子都死了，就觉得事有蹊跷。最近我一直在暗中调查白玉王后和你的七个孩子的死因，发现了很多惊人的秘密。嫌疑最大的是首席御前大臣笑面虎，他在你那最后一个孩子意外坠亡之后，和他的小妾九尾仙狐一起神秘失踪了。可是很显然，每一个不幸的事件背后都有长尾的影子。这或许是长尾对我和阿雪采取行动的另外一个原因，他想赶紧杀我灭口。"

长爪听到这里，"呼"地飞起来，召唤惊涛："立即派人去拿下长尾！"

"是！"惊涛领命，飞速离去。

3

惊涛刚飞走，阿雪来了。"爸爸，你终于醒过来了，太好了！"她高兴地扑到长眉的怀里。

长爪："对不起，在你昏迷不醒的时候，为了使阿雪同意我带你到这里来秘密疗伤，我告诉了阿雪她的真实身份。聪明的孩子，她其实早就猜到了。"

阿雪庄重地点点头。

长眉也冲着长爪点点头："是该让她知道了。她面对的，是一个凶残无情的对手。"

长爪微笑着："还有一个艰巨而伟大的任务。"

长眉对长爪轻轻摇摇头。长爪就没有再继续说下去。

长眉、长爪和阿雪头碰头，悄声细语。

不一会，惊涛回来报告，长尾不见了。确切地说，火灾之后，他就失踪了。

长眉看了看长爪："意料之中，不是吗？他知道我获救了，没死掉。问题是，既然是秘密疗伤，又是谁给他通风报信的呢？"

长爪看着长眉："不管怎样，你先在这里把伤养好。白云医生是绝对值得信赖的。"

4

长长的白昼，天下太平，阿威美美地睡了一大觉。

他惦记着阿雪，脑海里总是浮现出她忧郁的面庞。

一睡醒，阿威给猴面和肉球留了个信息，便一路向东，往雪枭岭飞去。

绿野森林在他的翅膀下绵延起伏。他愉快地欣赏着沿途的山山水水，浑身的每一个毛孔都散发着对这片土地的热爱。

最后一抹晚霞将雄奇的雪枭岭映染得如同一幅美丽的山水画。雪枭村在环山的拥抱中，安静得像个害羞的小姑娘。

一只小猫头鹰哨兵从高耸入云的侦察树上冲下来，拦住阿威的去路："你是谁？来找谁？有什么事？"

阿威看着小猫头鹰哨兵严肃、警惕的样子，有些好笑："我是猫头鹰联合国侦探所的探长阿威，来找阿雪博士，也没什么事，就是来串串门、聊聊天。"

"嘿！你就是长毛灰影快如闪电的探长阿威呀，真的是你吗？真的是你呀！冰中烈焰阿雪姐姐给我们讲了好多你们的故事。我是勇敢无畏的小灰翅，你看你看，我的翅膀是不是和你的一样灰一样长！看，看，我飞得像不像闪电！"小灰翅兴奋地展开翅膀，呼呼地飞上飞下，让阿威看他长相有多好看、身姿有多帅气。

阿威第一次知道雪枭村的村民把阿雪称为冰中烈焰。他心中暗想："嗯，冰中烈焰，多美的名字，太适合她了。"他心里暖暖的，甜甜的。

"你们村子警戒还挺严啊。"阿威问小灰翅："出了什么事吗？"

"嗯！火灾那天有一群蒙面强盗偷袭我们村子，把村长绑架了。幸好火焰岛的猫头鹰救了村长，村长前天才养好伤回村呢。从火灾之后我们就24小时警戒了。村长和阿雪姐姐说了，在强盗被抓住之前，我们都要提高警惕。"小灰翅说。

阿威心想："怪不得她看起来有心事呢。这些事她怎么不告诉我呢？"

"阿雪博士在村里吗？"阿威想赶紧见到阿雪。

"不在，她去东部大草原了。一只叫什么'阿来快吃'的蓝绿鹦鹉跟她说，那里的哨刺金合欢树快要灭绝了，她说她要亲自去看一看。"

阿威："那我自己去找她吧。再见！"

"再见！阿威探长！等会儿换班了，我去找你们！"小灰翅在阿威身后喊道。

5

阿威继续向东飞去。

树木逐渐稀疏，一望无际的东部大草原出现在眼前。

阿威对这片草原也很熟悉。这片草原生活着很多的大型食草动物，大象啊，长颈鹿啊，都是他的好朋友。有时候为了办案子，他甚至还会继续往东飞，飞到草原尽头的狂野大沙漠，那里住着他的好朋友骆驼阿力一家。

这片大草原上曾经到处都是哨刺金合欢树。这种树除了像其它金合欢树一样浑身长满了尖刺，还长了一种特殊的刺。这种特殊的刺下端膨大，里面是空心的，每当风吹过来，空心刺就发出像哨子一样的声音。

阿威很喜欢哨刺金合欢树悦耳的哨音。

他以往并没有特别留心过这种树，今天特意观察了一下。还真是，哨刺金合欢树几乎在这片草原上失去了踪影。他侧耳倾听，微风徐徐吹来，四下里都没有那种独特的哨音传出来。

他继续往东飞，仔细聆听。他把瞳孔睁得大大的，仔细观察翅膀下的一草一木。辽阔的大草原在夜色中变成了一块巨大的黑色地毯。

　　刚刚入夜的大草原充满了各种细细碎碎的声音。在这些微小的声音里，阿威似乎听到了那种哨音，很微弱，就在左前方45度角的位置。

　　阿威笔直向那个方向飞去，他已经感受到了阿雪的气息。

　　阿雪果然正在那边和谁谈话呢。阿威锐利的眼睛一下子就注意到，一棵哨刺金合欢树半死不活地长在那里。

6

　　和阿雪交谈的，是阿威的两个老朋友，长颈鹿斑斑和蓝绿鹦鹉阿历克斯。

　　"快来看快来看，这棵树好奇怪！等阿雪一弄明白是怎么回事，我就立即去报告阿海队长！我学会打字了，我可以用电脑向阿海队长报告！嘎！嘎！"阿历克斯一见到阿威就哇哩哇啦起来。

　　阿雪对斑斑说："是挺奇怪的啊，越是被人类保护起来不让你们啃吃的树，越是长得不好死得快。"

　　斑斑："是啊！那些没有用电栅栏围起来的金合欢树，我们可以随时自由自在地啃吃，它们反而都活得好好的。"

　　可是，阿威却发现眼前这一棵哨刺金合欢树虽然并没有用电栅栏围起来，也快死了。

　　阿威："怎么回事？我一路飞来，发现哨刺金合欢树几乎都绝迹了。"

阿雪皱着眉头："我正在做初步的调查。看来原因不简单呢。"

阿历克斯摇头晃脑："不简单，很复杂，伤脑筋！嘎！"

斑斑对阿威说："就像我们长颈鹿和大象一样，几十年前东部大草原的哨刺金合欢树就开始一年比一年少了。十年前，人类科学家为了保护、研究这种树，在大草原上挑了六大片长势最好的金合欢树，在树的周围围起了带电栅栏，不让我们食草动物吃它们的叶子。可是现在，这些受保护的金合欢树不断枯萎、死亡，真不明白是怎么回事啊。"

阿威："莫非你们的啃吃可以帮助这种树存活？可是，"阿威指指眼前的哨刺金合欢树，"这一棵你们可以自由自在地啃吃，也快死了啊！"

阿历克斯："嘎！奇怪，真奇怪！太奇怪了，简直奇怪死了！"

斑斑扬起头上那两只长满小茸毛的短角："嘿，阿威你说得还真有道理。阿历克斯你先别吵——你们知道吗？这一带是人类的开发区，经常有人类来狩猎、游玩，我们一般都不在这里活动，这棵树的叶子我们长颈鹿还真的好多年都没啃过了呢。你知道的，我们长颈鹿家族后代急剧减少，在草原中心地带的自然保护区，生活环境更好，也没有人类来打扰，我们这些年一般都在保护区那一带活动。”

阿雪听了，眼睛一亮，盯着这棵树沉思起来。

“金合欢树长满了尖刺，你们怎么吃得下去呀？吃一口还不得把嘴巴扎几个窟窿。”阿威打量着这棵枯死了一大半的树，“这棵树好像生病了。”

斑斑伸出他的大舌头晃动着：“看，我们的舌头能躲开这些小刺，够到树顶上的嫩叶子。”说着，斑斑探过头去，舌头灵巧地卷起不多的几片嫩叶子。

“味道还不错！虽然看起来好像是生病了，但树叶还是挺好吃的。”斑斑一边品尝一边说，说完又伸出舌头去卷了些嫩叶子。

“唔，奇怪，”斑斑咀嚼着树叶，“那些小冤家怎么不出来咬我的舌头？”

阿雪立即问：“什么小冤家？”

斑斑：“褐色举腹蚁啊。他们住在哨刺金合欢树的空心刺里，和哨刺金合欢树相依为命。他们对他们的树妈妈可好了，绝对不许我们动一动树叶。我们吃树叶时会扯动树枝，褐色举腹蚁在空心刺里马上就能觉察到，他们一觉察到我们在吃树叶，就会马上蜂拥出来，拼命叮咬我们的舌头，让我们不得不离开这棵树，另找树叶吃。所以这哨刺金合欢树的叶子也不是我们随便想吃就能吃个痛快的，我们只能在惊动褐色举腹蚁之前尝几口鲜。”

7

阿雪仔细观察这棵树。"这棵树确实生病了，"她指着树枝上密密麻麻的介壳虫，"这种介壳虫靠吸食金合欢树的汁液为生，对金合欢树的生长很不利，而且还传播疾病。"

斑斑："嚯，一棵树上长这么多介壳虫，以前真没见过，啧啧。"

阿历克斯瞪大眼睛："真多，恶心！发抖！嘎！"

阿雪："这里还有很多天牛的卵，看这里，还有这里，呀！真多！"

斑斑一边看一边和阿历克斯一起念叨："确实多！怎么这么多！哎，你们发现没有，这棵哨刺金合欢树的空心刺真少啊，比我们保护区那边的少多了，真奇怪！"

阿雪小心地掰下一粒空心刺，里面空空如也，一只蚂蚁都没有。

阿历克斯："让我看看，让我看看！蚂蚁呢？蚂蚁呢？嘎！"

这时，阿威注意到，在被掰掉的空心刺旁边有一个小孔洞，一只黑色的小蚂蚁正从小洞里探出头来查看情况。阿威立即伸出利爪，把小黑蚂蚁从小孔洞里抠了出来。

小黑蚂蚁把腹部往上举着，拼命挣扎，大喊大叫着："嗨，嗨，你要干嘛！快放我下来！"

阿威把小黑蚂蚁轻轻放在一根小树枝上："你不要乱动，我不会伤害你，问你几个问题就放了你。你是谁？为什么住在这树里？褐色举腹蚁哪里去了？"

"褐色举腹蚁前一阵子被我们彻底打败！他们逃跑了！现在这里是我们的家！"小黑蚂蚁气鼓鼓地说，"我们是黑色举腹蚁。我郑重声明，这棵树现在属于我们家族！"

阿威："你们怎么这么厉害，把褐色举腹蚁都打跑了？"

小黑举腹蚁："他们后代少，兵力没有我们多呗。而且他们也不喜欢这棵树了，这棵树的空心刺少了，分泌的蜜汁也少了。"

阿威："难道你们就不需要空心刺和蜜汁吗？"

小黑举腹蚁："我们当然不需要啦！我们住在天牛幼虫在树上挖的小洞洞里，比空心刺舒服多了。我们才不吃金合欢树分泌的蜜汁呢，我们喜欢吃肉，我们到树下捉昆虫吃。"

阿威："这棵树快要死了，它要是死了你们怎么办呢？"

小黑举腹蚁满不在乎："它是死是活我们都无所谓，我们在死树上照样能活得好好的。我们只需要鼓励天牛到树上来产卵，让他们的幼虫宝宝给我们钻更多的洞洞，好让我们繁衍更多的后代。"

斑斑撇着嘴，不停地摇着头。

阿雪："既然你们对这棵树一点感情都没有，一点都不爱惜它，也不关心它的死活，你们为什么非要把褐色举腹蚁赶走，住在这棵树里呢？"

小黑举腹蚁得意扬扬："你看看这里的土壤，不住树上行吗？雨季来临时这土里就灌满了水，到了旱季又变得比老鼠屎还干还硬，我们蚂蚁根本没办法在地下建巢啊。住在金合欢树上是最好的选择，嘿嘿。"他说完，打了个哈欠："你们问完了没有？我要回去睡觉了，明早还要早起去树下捉虫子吃呢。"

"我真想把他捉了吃掉。"阿历克斯悄悄地说。

阿威、阿雪和斑斑默默地看着小黑举腹蚁爬下树枝，钻进一个天牛宝宝挖的孔洞里，消失了。

8

阿威："唔，褐色举腹蚁打不过黑色举腹蚁逃跑了，因为兵力不够。唔，为什么他们的后代好端端的会减少呢？"

"那么多介壳虫又是怎么回事？看这些空壳子，介壳虫应该猖狂好一阵子了。"斑斑说，"还有这些天牛卵和天牛幼虫挖的洞，也不是这几天的事了，为啥褐色举腹蚁不全力消灭天牛的幼虫、由着他们祸害金合欢树呢？他们怎么不管他们的树妈妈了呢？"

"会不会跟空心刺减少和蜜汁分泌过少有关呢？空心

刺和蜜汁又为什么会减少呢？”阿雪说。

斑斑望着可怜的哨刺金合欢树，真希望它会说话，能回答阿雪的问题。

“大自然的进化总是很神奇的，动植物的关系网总是比我们的眼睛能观察到的更加复杂。我们必须找到褐色举腹蚁，问个究竟。”阿雪说。

“对！要不然我们去自然保护区看看？那里的哨刺金合欢树里的褐色举腹蚁可多了。”斑斑说。

阿威对斑斑说：“好主意。天黑了，草原上太危险，你也该回家了。”

阿历克斯：“嘎！嘎！我喜欢自然保护区，咻！出发！”

9

在自然保护区，他们果然看见一丛丛哨刺金合欢树郁郁葱葱，生机盎然。

斑斑停在一棵高大茂盛的哨刺金合欢树下，伸出柔软灵活的舌头，卷起几片鲜嫩的金合欢叶子塞进嘴里。

“嗯，最好吃的还是家乡叶啊！马上小冤家就要出现了。”说完，他又去树顶卷了几片叶子。

“哎哟，哎哟，你们天黑了都不睡觉的吗？这么快就跑出来了！蜇死我了！哎哟！这些小冤家哟！用得着出动这么多兵力来赶我走吗？”斑斑叫唤着，不停扇动着舌头。

阿威和阿雪马上飞到树顶去查看。啊呀呀，一大群褐色的小蚂蚁正挺着腹部，张牙舞爪，互相触碰触角，庆祝胜利。

阿雪："喂！向你们打听个事行吗？"

褐色举腹蚁毫不掩饰胜利的喜悦，纷纷热心地说："啥事啊？问吧，问吧！"

阿雪："我们正在调查哨刺金合欢树枯死之谜，你们有什么线索吗？"

"不知道啊！"小蚂蚁们纷纷摇头，"我们从小就生活在这里，我们的树妈妈很健康啊，一点都没有枯萎啊！"

阿雪："看来你们的树妈妈给你们制造了不少空心刺啊。它分泌的蜜汁够你们吃吗？"

"是啊！是啊！空心刺越多，我们就可以开办越多的幼儿园，养越多的小宝宝。"

"够吃够吃，树妈妈天天给我们奖励香甜的蜜汁，好幸福啊！"

"我们的树妈妈是天下最好的树妈妈！"

……

蚂蚁们你一言我一语，对树妈妈的热爱溢于言表。

阿雪："那要是树妈妈蜜汁分泌少了，不够你们吃，怎么办？"

　　蚂蚁们纷纷说："不会的，不会的！"

　　阿雪："万一呢？万一哪天树妈妈没有能量了，分泌的蜜汁少了，你们家族那么兴旺，后代那么多，吃不饱肚子了，怎么办？"

　　"嗯，我们可以饲养介壳虫啊！介壳虫也能分泌蜜露呢。不过呢，我们平时只养一点点介壳虫，只是拿他们的蜜露解解馋，因为树妈妈不喜欢介壳虫。"

　　阿雪："万一你们饲养的介壳虫分泌的蜜露还是不够吃呢？"

　　蚂蚁："这个嘛，咦，咦，怎么办呢？"他们互相频繁碰触触角，最后终于得出一个大家都认可的答案："这样的事情是绝对不会发生的！我们的树妈妈是天下最好的树妈妈，蜜汁丰富得很呢！每一片叶子的基部都能分泌蜜汁呢！"

　　阿雪："天牛是不是也很喜欢在你们的树上生活呢？你们看，这儿有个天牛宝宝钻的小洞洞。"

　　蚂蚁们都露出心痛的表情："天牛宝宝坏死了，就喜欢在树妈妈的树干上钻洞，树妈妈很不喜欢！我们见到天牛宝宝一定把它消灭掉！"

　　阿雪："最后一个问题，万一你们总也吃不饱，是不是就不管天牛宝宝钻不钻洞了？"

　　蚂蚁们又开始频繁地触碰触角。"树妈妈不会让我们饿着的！"他们自豪地宣布。

"走喽，吃夜宵去喽！赶走长颈鹿，妈妈奖蜜露！哦！嘿！哈！嚓嚓！"蚂蚁们高唱着胜利的欢歌，一只只钻进空心刺。

阿威："请稍等！我也有个问题！如果有别的蚂蚁想来霸占你们的树妈妈，你们怎么办？"

"打呀！""打呀！"还没钻进空心刺的褐色举腹蚁们齐声高呼。

阿威："要是打不过呢？比如黑色举腹蚁。在蚂蚁世界，你们家族的敌人多吗？"

蚂蚁们听了这个问题，炸锅了。

"哼！哼！黑色举腹蚁根本不是我们的对手！我们家族蚂蚁多，力量大，每次都能打败他们！"

"黑色举腹蚁最坏了！他们鼓励天牛到金合欢树上产卵！根本不顾树妈妈的死活！"

"黑头红腹举腹蚁更坏，他们竟然咬掉他们自己的树妈妈的侧芽，不让他们的树妈妈长出侧枝，免得他们的树妈妈和旁边的金合欢树碰在一起！这么狠心，就是为了避免把其他树上的蚂蚁引过去！哼！无情无义！没法忍受！只有我们最爱树妈妈！"

"细长蚁也常常被我们打败！它们最最最坏，被我们打败后就千方百计找机会破坏树妈妈的蜜腺，企图让我们没法再待下去！我们绝不给他们机会搞破坏！"

……

阿历克斯：“啊哦！这些小东西比我还喜欢说话！嘎！嘎！我喜欢！”

10

褐色举腹蚁们终于都钻进了空心刺，金合欢树重新安静下来。

斑斑伸展了一下舌头：“这群褐色举腹蚁把这棵树保护得很好。根据我的经验，差不多一半的哨刺金合欢树都被褐色举腹蚁占据着。”

阿雪：“事情越来越清楚了。我们来分析一下。斑斑，你先说。”

斑斑：“首先可以确定，我们经常啃食的哨刺金合欢树，都能健康生长。没有动物啃食的金合欢树，会渐渐枯死。”

阿雪：“这说明，动物们不啃食，对金合欢树来说，少了一种外界的刺激，因此它自身或许发生了一些变化，导致了一连串后果。阿威，你认为呢？”

阿威：“唔，我也这么看。根据我们了解到的情况，会不会是动物们不啃食树叶之后，金合欢树没有受到外来的刺激，就不再分泌那么多蜜汁、不再制造那么多空心刺了呢？饥饿的褐色举腹蚁是不是又因此没有那么多力气和心思去关心树妈妈了呢？树妈妈是不是又因此就被介壳虫和天牛祸害，渐渐生病、衰败了呢？褐色举腹蚁是不是因此数量减少、打不过敌人、不得不逃跑，又使树妈妈更进一步情况恶化直至死亡了呢？"阿威一环套一环地推论起来。

"你分析得完全正确。"一个苍老的声音从树上传来。大家吃了一惊。

循声望去，一只老蚁后蹲在一只空心刺上，向他们挥了挥触角。"我听孩子们说，有几只鸟儿正在调查哨刺金合欢大量枯死之谜。我亲身经历过你所说的那些可怕的事情，真是一场噩梦啊！"老蚁后声音变得有些沙哑。

阿雪轻声问："您能跟我们说说当时的情况吗？"

"那是好多年前的事了。我们的哨刺金合欢树被人类好心好意地用电栅栏围了起来。本来我们也以为这是好事，这样一来，我们就不用随时保持警惕，去赶走啃食树叶的动物了。但万万没想到，动物不吃树叶之后，树妈妈为了保存能量，本能地减少了空心刺的制造和蜜汁的分泌。我们家族的蚂蚁姐妹们怨声载道，有些姐妹甚至觉得树妈妈背叛了我们。我们开始成倍地扩展介壳虫饲养业，指望他们那一点点可怜的蜜露能填饱我们的肚子。大家饥肠辘辘，对天牛幼虫钻洞也听之任之没心思管了。金合欢树妈妈很快就病了。我们家族的蚂蚁数量迅速减少了一半，加上大家心里又充满了怨恨，在战争中不肯卖力，因此我们很快就被打败，被迫出走了。据我所知，我们那片被保护的金合欢树林里，褐色举腹蚁很快就丧失了几乎三分之一的领土，而心狠手辣的黑色举腹蚁，却将领土扩张了两倍。黑色举腹蚁的到来对金合欢树真是一场灾难，金合欢树的生长变得缓慢，死亡率要比生活着其他蚂蚁的金合欢树高出一倍。我们战败逃亡之后的情况，我就不得而知了，我猜想可能会越来越糟糕。"

"您猜得很对，"阿雪轻声说，"被人类围起来的哨刺金合欢树几乎快死光了。"

"啊！"老蚁后虽然猜到情况会很糟糕，但没想到会这么糟糕，"人类快点把电栅栏拆掉吧！"

阿历克斯："我立即回去向阿海队长报告！让人类拆掉电栅栏！我会打字！我要用电脑报告！嘎！"

阿雪轻轻地说："电栅栏拆掉容易，保护物种却没那么容易呢。长颈鹿、大象这些大型食草动物的数量正在急剧减少。即使没有电栅栏，也会有越来越多的哨刺金合欢树不必担心被吃掉叶子。"

斑斑垂下了脑袋。

老蚁后长叹一声。

阿雪："在金合欢树的周围，形成了一个复杂而奇妙的关系网，一环扣一环，一个环节的消失就会导致出乎意料的灾难性后果。不只是金合欢树，其实哪种生物不是生活在某个关系网中呢？"

11

"阿威探长！"远远传来几声大喊，一听就是大嗓门猴面侦探。他后面跟着机灵鬼肉球侦探。

"阿威探长！"这是勇敢无畏的小灰翅，他兴奋地扇着翅膀："他们一说要找你，我就立即认出他们来了！阿雪姐姐，他们长得和你说的真是一模一样哎！"

阿雪笑着，疼爱地轻轻抚了抚小灰翅毛茸茸的大脑袋。

肉球："小灰翅说你来东部大草原破案了，我们就一路找过来了。"

猴面："有猫头鹰来报案，说西北大草原的大蓝蝶都失踪了！一只都不见了！"

阿威和阿雪一起"啊"了一声。

阿威："猴面，肉球，我们早上不休息了，去看看这到底是怎么回事。你们去准备一下，天亮前在侦探所集合。阿雪，你想和我们一起去吗？"

阿雪："当然啦！"

小灰翅："我也想跟你去！阿雪姐姐，求你了！"

阿雪："好啊！一起去。"

小灰翅那个高兴啊，咧着嘴，都快咧到耳朵边了："哟嗬哦！"

阿历克斯迫不及待地对着三只新来的猫头鹰大叫："嘎！嘎！你们知道哨刺金合欢树的关系网吗？"

小灰翅："什么关系网？快说来听听！"

阿历克斯开始滔滔不绝。老蚁后时不时瞪起眼睛摇着头，斑斑不时打断阿历克斯纠正他。小灰翅、肉球、猴面保持着困惑的表情，不停地问东问西。最后大家全都和阿历克斯争辩起来。

趁着斑斑、老蚁后、猴面、肉球、小灰翅吵吵嚷嚷地和阿历克斯争论哨刺金合欢树奇妙的关系网，阿威悄悄问阿雪："嗨，你有什么心事吗？我可以为你做任何事哦。"

阿雪欢快地笑了笑，眨了眨大眼睛："我的心事就是，大蓝蝶为什么都失踪了呢？"接着，她高声说："伙伴们，待会儿见！"

阿威愣愣地看着阿雪和小灰翅消失在蒙蒙的夜色里。斑斑用脑袋拱了他一下，又拱了他一下，阿威这才回过神来。斑斑笑眯眯地，学着阿雪的样子，也眨了眨亮闪闪的大眼睛。

阿威难为情地笑了。

第四章

失踪的大蓝蝶

1

　　野狼铺子的深处有一丛密不透风的林子，林子的腹地有一棵歪歪扭扭的大树。这大树矮矮的，占地面积倒不小。它枯死的树枝霸道地四处乱刺，就像妖怪狰狞的爪子。它裸露的树根扭曲、纠缠，隐藏着一个秘密的洞口。从狭窄的洞口钻进去，里面豁然开朗，现出一个大厅。原来这棵大树几乎是空心的。此刻，清晨的阳光斜斜地从一处枯死的树皮缝里穿透进来，照到洞底几个影影绰绰的猫头鹰身上。

　　这里是长尾的临时避难所。当他还是个四处游荡的年轻猫头鹰时，有一次他无意间发现了这个树洞，从那时起，他就开始慢慢经营这个藏身之地，现在终于派上用场了。

　　今天是个大日了。已经失手过一次，狡猾的长尾不会让机会再一次从他的手心里溜走。

　　长尾的几个心腹坐在洞口，警惕地注意着外面的动静。角落里，一只戴黑斗篷的年轻猫头鹰坐在长尾对面，背对着斜刺进来的阳光，整个面部都隐藏在黑暗中。除了长尾，谁都看不清他的脸。

长尾："你确定她会来吗？"

黑斗篷："确定。口信已经带给她了，我偷偷跟到东部大草原自然保护区，亲耳听见她说她会来。万无一失，为了大蓝蝶，她一定会来的。"

"这么说来，那个探长阿威也一起来？"

"对，此货迟早是个祸患，早点干掉也好。"

长尾沉吟了一下："十个什么闪电阿威也不在话下。最重要的是，你要小心，别暴露自己。弄死这个丫头之后，你还大有用武之地。你要清楚，你对我很珍贵。"

黑斗篷："我清楚，您放心吧！"

长尾："事成之后，我一定不会亏待你，猫头鹰兵团总司令和首席御前大臣的位置就等你来坐了。前程似锦啊，好好干。"

黑斗篷："是！谢谢您的栽培！"

年轻猫头鹰把黑斗篷裹得更紧了一些。他低着头，越过那几个在洞口守护的猫头鹰，急匆匆飞走了。

2

阿雪提前了一个小时来和阿威集合，除了小灰翅，竟然还带着长眉。

见多识广的阿威乍一见阿雪的父亲来了，竟然有一丝莫名的紧张，赶紧飞过来问好。

阿威细细打量长眉，心里暗自赞叹："可敬的老伯，虽然老了，仍然威风凛凛，目光犀利。不愧是智慧的长眉啊！”他一下子从内心深处喜欢上了这个初次见面的长辈。

长眉笑眯眯地看着阿威，认真地说："今天总算见到大名鼎鼎的阿威探长了！你看起来真眼熟啊，我心里觉得你就像是我的一个老朋友。"

阿威也深有同感。于是他也笑起来，紧张感顿时消失无踪，取而代之的是一种甘甜的亲切感。

长眉和阿威恍惚间都觉得，虽然第一次见到对方，但好像已经认识很多年了，打心底里感到亲近、喜爱。

阿雪笑着对阿威眨眨眼睛："你不是问我有什么心事吗？爸爸亲自来告诉你。"

长眉简单地讲述了火焰岛猫头鹰王族的故事。

阿威这才知道，阿雪是火焰岛的公主，也是国王长爪一眼相中的继承者。他心里隐隐有些怅然若失。

阿雪看着阿威，微笑着说："长尾叔父似乎把我当成了继承王位的对手，铁了心想要除掉我。其实我可真的不想当什么继承者。长爪国王其实也没有正式跟我谈过这个话题，他大概猜到我会拒绝吧。"

长眉呵呵笑了笑，接着又微微皱起眉头，对阿威说："是我太过小心了吗？我怎么觉得大蓝蝶的事没那么简单呢？"

阿威眯起眼睛："唔，西北大草原野狼铺子……"阿威明白长眉为什么要亲自来会他了，他也闻到了陷阱的味道。

阿威："狡猾的长尾一定不会善罢甘休。火灾那天他在野狼铺子安排了什么机关等着阿雪呢？"

长眉："我想知道，是什么人来通知你们侦探所，说西北大草原的大蓝蝶都失踪了？"

阿威："猴面说，是一只戴着黑斗篷的年轻猫头鹰来报料的。肉球请他留下姓名和地址，以便有情况联系他，他却借口有急事，匆匆飞走了。肉球说，感觉这个戴黑斗篷的猫头鹰特别不想暴露自己的身份。"

阿雪微微点头："了解我的猫头鹰都能猜得到，如果大蓝蝶失踪了，我一定会去现场调查的。"

小灰翅说："和猴面侦探、肉球侦探去东部大草原找你们的时候，我总感觉后面有谁在跟踪我们。我回头张望过好几次，有一次好像是看到了一个黑影子，一闪就消失了，我还以为我看花眼了。"

长眉："看来，西北大草原阿雪还是不去为妙，凶多吉少啊。"

阿威："嗯！这个报料很有可能就是冲着阿雪来的。阿雪最好不要去了，我和猴面、肉球去，有情况随时通知你。"

小灰翅一听，举着双翅，着急得直跳。

阿雪："为什么不去？如果是冲着我来的，我更要去了。我主意已定，非去不可。将计就计怎么样？"阿雪这几句话说得既勇敢又沉着，公主范儿十足。阿威不禁心中叫好。

长眉："好吧！我就知道你非要去不可。我同意将计就计。我已经和长爪商量过了，国王侍卫队会暗中保护、接应你们。就让我们看看，野狼铺子到底藏着什么奥妙。"

3

天快亮了，大蓝蝶失踪案调查小分队的六名队员，阿威、猴面、肉球、阿雪、小灰翅、阿历克斯，准时从猫头鹰侦探所出发，向西北大草原大蓝蝶保护区飞去。

他们出发前已经详细讨论了"将计就计"的绝密话题。阿历克斯发誓，一定把嘴巴闭得紧紧的，绝不大嘴巴对外乱说。

"如果我乱说，就请你把我的大嘴巴封上。"阿历克斯对阿威说着，伸出漂亮的爪子，在嘴边划了一个弧，做了一个潇洒的拉上拉链的动作，这是他跟阿阳新学的身体语言。

两个小时之前，火焰岛国王侍卫队的勇士们全副武装，在惊涛队长的带领下，一路朝北，从松树河口进入绿野大陆地，去执行一项绝密任务。如果不出意外，侍卫队应该会和阿威他们差不多同时到达西北大草原的大蓝蝶保护区。

清晨的夏日微风凉爽、舒适。每年的这个时候，应该是大蓝蝶在空中翩翩起舞的日子。

"前面就是大蓝蝶保护区了！"猴面高声说。

阿历克斯做了个鬼脸："嘎！嘎！应该叫大蓝蝶失踪区吧！"

阿威："这个大蓝蝶失踪区——噢，不——保护区，建立多久了？"

阿雪："快10年了。大蓝蝶数量本来就稀少，他们一般生长在人迹罕至的荒野。因为数量稀少，所以人类自古以来就非常喜欢制作大蓝蝶的标本。进入汽车时代以后，人类到大蓝蝶栖息地采集更方便了，有些地方的大蓝蝶在那时就已经绝迹了。后来，人类开始陆续建立起大蓝蝶保护区，围起栅栏，雇人看守不让人采集标本，停止烧荒，还禁止放牧。但大蓝蝶的数量还是迅速减少。人类早就立法把大蓝蝶列为保护对象了。唉，现在咱们西北大草原的大蓝蝶也彻底失踪了。一定要想办法拯救咱们的大蓝蝶。"

阿历克斯："我已经向阿海队长报告了哨刺金合欢树死亡的原因，我会打字，用电脑报告的！当然……还需要口头报告的辅助……阿海接到我的报告后，跟我说要尽快拆除所有金合欢树的电栅栏！怎么大蓝蝶也有栅栏！虽然没有电，那我也不喜欢！嘎！不喜欢！"

机灵鬼肉球听了阿雪的介绍后，若有所思地说："我在想，大蓝蝶失踪是不是和哨刺金合欢树的死亡一样，也是人类过度保护的结果呢？”

“很有可能。”阿雪说：“人类善意的环境保护活动如果不建立在科学的基础上，只是想当然地采取行动，结果可能更糟糕。”

阿威：“你刚才说，大蓝蝶一直都很稀少，这很有可能是因为他们对生活环境的要求特别挑剔。果真如此的话，生命周期中的任何一个环节出了问题，都可能使他们没法繁衍下去。”

“是啊，我也这么想。”阿雪说，“你们想想看，大蓝蝶成虫只有四五天的寿命，他们必须在这短暂的生命结束之前，找到伴侣交配，并且在合适的地方产卵。谁也没看到过大蓝蝶的幼虫，所以我猜想他的幼虫一定生活在地下。整个秋、冬、春三季，大蓝蝶的幼虫和蛹躲在某个秘密的地方，避开天敌，静静生长。直到夏天来临的时候，大蓝蝶忽然就不知从哪里孵化出来，飞翔在辽阔的草原上，开始新一代的生长历程。”

“也许住在地下的蚂蚁知道答案。”一直默不作声的小灰翅冒出来一句。

阿雪赞赏地看了看小灰翅，点点头。

4

西北大草原的大蓝蝶保护区不但禁止放牧、烧荒，而且规定游客只能在划定的几条小路上行走，不能随便踩踏花草，因此这里的植物保护得非常好，长得异常茂盛。草长得很高，随风摇曳，花开得很繁，热热闹闹。

虽然才刚刚天亮，草原上已经到处都是小蜜蜂采花蜜的身影，嗡嗡嗡。一些蝴蝶在飞舞，不见大蓝蝶。

小灰翅飞到一面长满野草的山坡上，仔细观察。"看，有很多红蚂蚁。问问他们知道不知道情况。"

小灰翅轻轻敲了敲一只急急忙忙赶路的红蚂蚁。"嘿，你知道大蓝蝶都去哪儿了吗？"

红蚂蚁："哼！那些好吃懒做的坏东西，不知道哪里去了。撞到我们手里，一定给他们好看！"

阿历克斯也学会调查了："大蓝蝶那么可爱，你怎么说他们好吃懒做呢？怎么骂他们坏东西呢？你有什么证据吗？证据！证据！嘎！"

红蚂蚁瞪了阿历克斯一眼："我没时间给你看证据，我还忙着呢！"

说完，红蚂蚁继续赶路。

阿威展开翅膀，把阿历克斯弯弯的嘴巴紧紧摁在胳肢窝下面。

阿历克斯翻着白眼，倒也不挣扎，也许他觉得这样还挺好玩的，毕竟是他自己要求阿威在必要时把他的大嘴巴封住的。小灰翅、猴面和肉球见了这情景，都噗噗直笑。

阿雪也抿嘴笑着，摇摇头，迎上前去："哦，我们真的很想听一听大蓝蝶好吃懒做的故事呢，请你给我们讲讲吧。"

你要知道，蚂蚁也是很健谈的一种动物，有时候几只蚂蚁说起闲话来，触角简直碰个没完呢。

红蚂蚁停下脚步，大大咧咧地问："大蓝蝶幼虫你们见过没有？"

"没有！"大家齐声回答，除了阿历克斯，他的嘴巴还被阿威摁着呢，张不开。

"料你们也没见过。"红蚂蚁做出一副见多识广的样子，晃晃两只触角："听我慢慢道来。"

红蚂蚁舒舒服服地背靠着一株百里香坐下："忙了好一会儿了，我也稍微休息一下，给你们讲个故事。"

5

红蚂蚁讲起故事来声情并茂："你们为啥都没见过大蓝蝶的幼虫？因为都被我们红蚂蚁搬回地下巢穴去了。其实以前吧，我们耐寒的红蚁家族根本不喜欢生活在这片草原，我们喜欢冰凉凉的地下蚁巢，这里以前太热了。但那个时候我们老实巴交的亲戚喜温红蚁家族最爱待在这里，不过他们现在都快灭绝了，咳，不提了。接着说大蓝蝶的幼虫吧。大蓝蝶的幼虫非常狡猾，他们蜕皮三次之后，就掉到地上，等着路过的红蚁发现他们。红蚁发现大蓝蝶幼虫后，肯定忍不住要用触角拍打他们。红蚁一拍，大蓝蝶幼虫们就分泌出好吃的蜜汁，红蚁于是就把他们带回地下蚁巢去了。"

阿雪："哦，原来是这样啊！怪不得我们都没见过大蓝蝶幼虫呢。你们家族和喜温红蚁家族都会把遇见的大蓝蝶幼虫带回地下蚁巢吗？"

红蚂蚁："是啊！他们还是幼虫的时候，我们也分不清他们是个什么鬼东西。你们知道的，我们遇到能分泌蜜汁的好东西，当然会带回家喽！"

阿雪："后来呢？带回家之后呢？"

红蚂蚁："回家之后，哼哼，我们和我们那些老实巴交的亲戚就不同了。大蓝蝶幼虫被带回蚁巢后，所有红蚁和红蚁幼虫都围上来，一起分享蜜汁。等到蜜汁被吃完，大蓝蝶幼虫就装模作样地像我们红蚁幼虫那样蠕动，还会散发出红蚁的气味和声音，我们那老实巴交的亲戚立即就上当了，误以为大蓝蝶幼虫也是他们当中的一员，就允许大蓝蝶幼虫继续在蚁巢中住下去。结果你们猜怎么着？大蓝蝶幼虫竟然在蚁巢里面四处走动，大吃特吃红蚁的卵和幼虫，直到把自己吃成个大胖子！然后他们自顾自结茧、化蛹！整整在蚁巢里待上10个月之后，他们才在夏天到来时爬出蚁巢飞走。哼！我们家族可没那么好骗，白白养他们十个月！我们家族虽然也喜欢吃大蓝蝶幼虫的蜜汁，但蜜汁一吃完，我们一下子就能识破他们的伪装，立刻把他们杀掉，免得他们吃我们的卵和幼虫！"

大家听得目瞪口呆。原来弱不禁风、美丽翩跹的大蓝蝶，还有这么黑暗、强悍的一面啊！小小的红蚂蚁也一样不是省油的灯啊。

阿威："难道你们亲戚家的蚁后也分不清大蓝蝶幼虫的伪装吗？"阿威说着，不知不觉把翅膀松开了。阿历克斯有些不满地胡乱整理着头上的羽毛。

红蚂蚁："她也傻傻分不清。不过她会以为大蓝蝶幼虫是一只以后也会变成蚁后的超级红蚁幼虫，因此她会发出化学信号，让工蚁把大蓝蝶幼虫杀死。算是歪打正着吧，把侵略者直接干掉了。所以如果大蓝蝶幼虫被我家那老实巴交的亲戚搬进一个有蚁后的窝里，大蓝蝶幼虫必然死路一条。哼！那他们就永远也没机会变成蝴蝶啦，哈哈！"

阿雪想了想，接着问道："那如果大蓝蝶幼虫运气好，蚁巢里没有蚁后，但是蚁巢的规模太小，或者红蚁又搬来一只大蓝蝶幼虫，红蚁的卵和幼虫不够吃，大蓝蝶幼虫最终也会饿死的吧？"

红蚂蚁："那当然啦！哼哼，反正我们是不会让大蓝蝶偷吃哪怕一只自家小宝宝的！"

阿雪："你刚才说，其实你们以前不喜欢生活在这里，太暖和了。为什么现在又喜欢住在这里了呢？为什么你们的亲戚反而快灭绝了呢？"

红蚂蚁刚想回答，被阿历克斯打断了："那还用问，他们的亲戚都被大蓝蝶幼虫吃掉了呗！他们自己在这里可以吃到美味多汁的大懒虫——哦，大蓝蝶幼虫呗！嗨，大懒虫是不是被你们给吃灭绝的？"

红蚂蚁生气了，涨红了脸争辩："胡说八道！大懒虫——咳咳，大蓝蝶幼虫——少得要命，还不够我们塞牙缝！今年一只都没有吃到——哦，不——没有见到呢！"

阿威伸出翅膀，又把阿历克斯的嘴摁住了。

阿雪："对，大蓝蝶本来就十分稀少，确实不够你们塞牙缝呢。你们喜温的亲戚为啥就好端端地快灭绝了呢？"

红蚂蚁："一句话，因为草长得太高了呗！我们的亲戚特别喜欢温暖的巢穴，他们最爱在朝南向阳的山坡上筑巢，而且巢穴上面的草最好不要高于3厘米。如果草太高，把阳光遮住了，蚁巢的温度就会太低，他们的幼虫宝宝就会冻死。哼哼，看看！这里的草皮一年比一年高，我们那傻乎乎的亲戚们迅速消失，有的搬家了，有的被冻死了。像我们家族这样比较耐寒冷的红蚁反而很适应这种温度变化，所以数量越来越多了。不是吹牛，现在这片草坡住的基本上都是我们喜寒家族的红蚂蚁。"

肉球："看来大蓝蝶失踪还真是人类过度保护的结果啊！"

大家纷纷点头。阿历克斯却不满意，在阿威的翅膀底下呜呜哇哇地叫，不知又想说啥，阿威没给他机会。

6

红蚂蚁站起来，拍拍屁股上的土，打算继续赶路。他顺手指指刚才背靠着的那株百里香："草越长越高，灭绝的还不止我们喜温的亲戚呢。这种香喷喷的百里香，要是草皮高度超过10厘米，它也没法生存了。唉，这棵到现在还没结花苞，一看就缺乏阳光，营养不良啊，看样子也没几天好活了。你们知道的，大蓝蝶就喜欢把卵下在这种百里香的花蕾里呢。那么漂亮的小花蕾，竟然成为大懒虫的美餐，哼！大懒虫，活该灭绝！"

阿雪："哎，慢着慢着，我们不知道大蓝蝶把卵下在哪里啊，怎么回事呢？"

红蚂蚁："我刚才没说吗？大懒虫就是从百里香的花朵里掉到地上的啊！"

阿雪："嗯，好像没说……"

阿历克斯又开始发出呜哩哇啦的声音，显然是在埋怨红蚂蚁故事讲得太差劲，前后不连贯。

红蚂蚁没理睬阿历克斯，对阿雪说："大蓝蝶挑剔得很呢！他们只在这一种百里香的花蕾里产卵，一两周后，大懒虫从卵里孵化出来，就以百里香娇滴滴的花朵为食。美滋滋吃上两周的花宴、蜕上三次皮之后，大懒虫就掉到地上等着骗我们。而且你们知道吗？大蓝蝶产卵只选择长在红蚁巢穴边上的百里香，这样他们的幼虫掉下来之后才会及时被我们发现。太狡猾了，对不对？"

阿雪："哇，大蓝蝶确实够挑剔哟！也够狡猾……聪明的。"

"唔，我在想，"阿威一边使劲摁住在翅膀下乱动的阿历克斯，一边说："虽然人类给大蓝蝶建造了保护区，不许烧荒、放牧，但是野兔也可以吃草呀，野草怎么就长疯了呢？"

红蚂蚁："哎哟，别提了！去年这里被病毒入侵，100只野兔里死了99只呢。你到处看看，现在野兔比大蓝蝶还罕见呢。"

大家不由自主地四下里看了看。高高的草丛摇摆着，草影重重叠叠，仿佛有什么东西藏在里面。确实看不见小兔子的影子。

红蚂蚁看了看太阳："我真的要走了。我的故事好听吗？"

"很好听，谢谢你！"大家齐声说。

"不好听！"阿历克斯沉闷地冒出来一句，又被阿威摁住了。

7

阿雪："确实要感谢红蚂蚁，现在我们基本上搞清楚大蓝蝶失踪的原因了。"

阿威放开阿历克斯："对不起啊，阿历克斯，刚才失礼了。我帮你把大嘴巴闭得紧一些，嘿嘿嘿。下一步就轮到你出力了，你回去报告阿海队长，一定要通过割草、放牧绵羊来控制草皮的高度，这样的话，收养大蓝蝶的喜温红蚁，还有大蓝蝶喜欢的百里香，就能重新恢复。等大蓝蝶的生活环境变好了，也许他们还能再次回来呢。"

阿历克斯倒是一点都没在意刚才阿威老是摁住他的嘴，他确实觉得那样还挺好玩的。此刻，他兴致勃勃地说："红蚂蚁的故事不好听，阿历克斯要继续调查！嘎！"

阿雪："好啊，我们继续调查。把事情查个水落石出。"她和阿威会意地一笑。

阿历克斯："看！那儿不是有一只野兔吗？问问他去！"

奇怪，刚才看的时候还空无一物的草坡上，现在出现了一只大耳朵的小野兔。小野兔犹犹豫豫地跳了过来。

阿历克斯热情地飞过去："小野兔！小野兔！你知道大蓝蝶去哪儿了吗？"

野兔指指北边："那边有大蓝蝶。"

"真的吗？"阿雪惊喜地问。

"嗯！我可以带路。"小野兔说着，掉头往北边跳去。

阿历克斯飞上飞下，追着蹦蹦跳跳的小野兔："听说你们野兔遭到病毒袭击，很多兔子死掉了，真的吗？"

小野兔哭了："是真的。"他头也不回，继续往北跳。

调查小分队跟在小野兔后面，缓慢飞行。阿威不动声色地一路观察四周的动静。草丛的影子，重重叠叠。

8

前面就是野狼铺子，一丛密林出现在大家的面前。

"快到了！"小野兔喊着，加快了脚步。

忽然，前方草地上出现了一大堆野兔。他们像饿疯了一样，聚在一起低着头，不顾一起地拼命吃草。

"奶奶！"小野兔跳到一只老兔子奶奶的旁边，紧紧抱住她。

"哦，我的好孩子！我的好孩子！你还活着……"老奶奶也紧紧抱住小野兔，大哭起来。

小野兔也放声大哭。

"对不起……"小野兔抬头对着阿威他们说，"如果我不听他们的，呜呜呜，他们说他们就要杀我全家……"

阿威一下子就明白了："有圈套！大家注意警戒！"

阿历克斯："野兔不是都快灭绝了吗？哪儿来的这么多兔子，我要去调查一下！嘎！"

"大家小心！"阿雪锐声高喊，"有陷阱！"

小灰翅"呼"地竖起耳朵，他眯起眼睛，望着天空。

阿威也看见了："不好！老鹰来了！野兔是诱饵！大家快飞到前面树林里躲藏！"

但是来不及了，他们跟着小野兔撞进了老鹰的老巢。此时，几十只大老鹰张着利爪扑了过来。有的老鹰抓起一只野兔，刚想飞走，却发现野兔都带着藤制的脚镣，抓不走。老鹰们抓着野兔使劲往上飞，想挣断野兔的脚镣，但是脚镣很结实，老鹰们气急败坏，哇哇直叫。有些老鹰扔掉抓不走的兔子，去抓看起来更容易抓走的猎物。野兔们被抓过来扔过去，一个个鬼哭狼嚎，乱作一团。

好些老鹰狞笑着，直接过来袭击这几个"小不点儿鸟宝宝"。

阿历克斯眨眼之间就被一只老鹰抓住了。"阿威！救我！嘎！"阿历克斯吓得全身僵硬，只有大嘴巴还能动。

阿威、阿雪和小灰翅一起迎上前，猛烈攻击这只大老鹰的面部，大老鹰吃痛，把阿历克斯扔掉了。阿历克斯直通通摔到地面上。

这时，猴面也被一只老鹰抓住了。肉球去救猴面，情急之下却只抓住了猴面的翅膀，结果两个侦探徒劳地扑腾着翅膀，一起被大老鹰带上高空去了。小灰翅看见了，像一只离弦的利箭，飞上去扎在大老鹰头上，用爪子猛掐老鹰的头皮。阿威紧接着也飞过来，把老鹰的一只眼睛啄得鲜血直流。老鹰爪子一松，猴面和肉球得救了，他们在空中翻了几个身，稳稳降落在阿历克斯身边。阿历克斯昏迷不醒。阿雪被两只老鹰追击。袭击猫头鹰的老鹰越来越多，阿威和小灰翅也都在老鹰阵里尽力躲避。眼看着无处可逃了，情况万分危急。

忽然，草影子里冒出好几百只猫头鹰战士，他们全副武装，训练有素，一起迎向大老鹰，一时间，空中羽毛翻飞。几只武装的猫头鹰飞到草地上，解开那群野兔的脚镣。可怜的野兔先是饿疯了，现在又吓傻了，趴在草地上只知道发抖，抖了好几十秒钟，才醒过闷来，发现自己已经自由了，于是没命地四处逃散开去。老鹰们被迫应战猫头鹰侍卫队，也无暇顾及野兔了。

眼看捞不到什么好处，几百只凶猛的猫头鹰战士也是来者不善，善者不来，老鹰们高鸣着纷纷离去。

战场渐渐平静下来。

9

"阿历克斯！阿历克斯！醒醒！醒醒啊！"阿威抱着阿历克斯，声嘶力竭地大喊。

"嘎哦……"阿历克斯幽幽出了一口气，睁开眼睛。

阿威惊喜地把阿历克斯紧紧抱在怀里："太好了！小伙子，你可不能死啊！"阿威笑中带着泪，泪里流着鼻涕。

阿雪、小灰翅、猴面和肉球都飞上前去，抱住阿威和阿历克斯，也忍不住泪水直流。刚才真是太险了。

阿历克斯："谁死了？谁死了？我死了吗？我死了吗？"

惊涛飞过来，侍卫队逮住了一只驱赶野兔的蒙面猫头鹰，是长尾的五号心腹。

五号心腹夹着尾巴，害怕地抖个不停，还没等询问，就开始主动交代："我说！我全都说！都是长尾干的！狡猾的长尾，他就在前面密林的树洞里！"

"带路！"惊涛大喝一声。

五号心腹立即乖乖向密林飞去。

五号心腹把惊涛、阿威他们带到长尾的藏身树洞。里面空空荡荡。

惊涛："战斗开始前，侍卫队队员就包围了这片林子。很显然，狡猾的长尾提前一步逃跑了。"

阿威悄悄对阿雪说："有奸细提前通风报信。"

阿雪看了看惊涛。惊涛的表情很复杂。

这次绝密行动，除了调查小分队，只有另外三只猫头鹰知道目的地和具体任务：长爪，长眉，还有惊涛。

10

长眉和长爪亲自审问了五号心腹。

五号心腹知无不言，言无不尽。他交代说，确实有个年轻猫头鹰经常给长尾通风报信，今天天亮前还来过。"他戴着黑斗篷，和长尾悄悄说完话就走了，就是从我身边钻出树洞的，但我没看清他的脸。后来我去赶野兔了，不知道他有没有再来过，也不知道长尾什么时候逃走的。长尾真卑鄙！本来说好了他在老窝里等我们的好消息，今晚还要举行庆功宴，结果他自己早早逃跑了，让我自生自灭当炮灰！早知如此，我早就来给你们报信了！我真的后悔死了，当初怎么就跟着狡猾的长尾无耻地背叛了仁慈的国王！求求仁慈的国王……饶了我吧……"五号心腹痛哭流涕，被卫士带走关进了国王监狱。

长眉："你的侍卫队里有奸细。我以前就有所怀疑，今天这个想法被证实了。"

长爪："知道整个计划的只有三只猫头鹰。难道惊涛会是内奸吗？不可能。我绝对信任他。"

长眉点头沉吟着。

"我要亲自问问他。"长爪说着，召唤惊涛进来。

长爪："今天长尾竟然会提前得到消息逃跑，你不觉得蹊跷吗？"

惊涛："我也一直在想这个问题。我不愿意相信自己的判断。"

长爪："你的判断？"

惊涛："我无意中把消息透露给了侍卫队副队长沉沉不语的流川。对不起！"

长爪："怎么回事？"

惊涛："今天一大早我怎么都找不到流川，就亲自召集全体侍卫队员紧急待命。大家集合得差不多了，流川才匆匆赶到，说他昨晚在西北大草原吃了几只毒老鼠，上吐下泻，在野外折腾了一夜才刚刚回来。看他确实一副很疲倦的样子，我就让他回去休息，不要参加这次行动了。但他自告奋勇地说他能参加，还问我到底是什么任务。我说这次任务是绝密，不能提前透露，然后我又随口开玩笑说，总之你做好准备再上一次西北大草原就是了。在西北大草原埋伏的时候，我一直没有看见他，战斗结束后他忽然又冒了出来，说他肚子剧痛，无法作战，一直躺在草丛里休息。我越想越觉得不对劲。可是我真不愿意相信流川会是奸细。我们从小一起长大，您知道，我自幼失去父母，无依无靠，流川的父亲笑面虎大鹰收养了我，待我就像亲生儿子一样。我和流川更是比亲兄弟还要亲。他总是跟我说，我们作为光荣的国王侍卫队员，一定要绝对忠诚于国王。但是……眼前的事实……太让我难以接受了。"

长爪看着长眉，轻轻地说："笑面虎几年前离奇失踪，在我最后一个儿子意外坠亡之后。"

长眉神色凝重："嗯，同他一起失踪的，还有他的小妾九尾仙狐。也有传言说，九尾仙狐实在忍受不了他的折磨，于是杀了他，而她自己为了免遭复仇，隐姓埋名，远远地躲了起来。根据我最近的调查，笑面虎在失踪之前，确实曾偷偷替长尾效命。子承父业，倒也不是完全在意料之外。"

长爪点点头，对惊涛说："你先不要打草惊蛇，假装你没有起疑心。"

惊涛："是！"

11

阿历克斯一直在抱怨，说大蓝蝶失踪案的调查还没结束，红蚂蚁的故事乱七八糟，不算数。

阿威哭笑不得。

阿雪说，雪枭岭东北边的山丹大草甸还有很多大蓝蝶，如果阿历克斯能够按照阿威先前说的那样去跟阿海队长汇报，把大蓝蝶保护区的自然环境扭转回来，阿雪可以请猫头鹰生态研究所的山丹大草甸分所给西北大草原重新引进一批大蓝蝶。

阿历克斯这才高兴了一点，勉强同意了。"人类真会瞎折腾。嘎！"他嘀咕道。

阿雪："这样说也不算公平呢。在大自然面前，人类会犯很多错误，有时候他们是真心想改正错误、弥补过失的，但是因为对大自然没有足够的了解，而是想当然地盲目采取行动，越努力，结果却越糟糕，好心办了错事。可见科学研究是多么重要啊！最可怕的是人类不能及时认识到错误，等认识到错误的时候，损失已经不可挽回了。但愿我们今天的发现还不算太晚，真希望大蓝蝶能在西北大草原获得重生。"

阿历克斯："什么是重生？重复生小宝宝？用电脑怎么输入？"

大家看着他，都忍不住笑起来。

第五章

失窃的救命水

1

自从长尾在绿野森林火灾那天露出真面目之后，残忍的怒焰就心虚地觉得国王长爪再也没有正眼看过他一次。

怒焰本来就没什么真正的朋友。他认为自己迟早是火焰岛的国王，所以总是一副高高在上的样子，平日里身边围绕的"朋友"都是些趋炎附势之徒。这些所谓的朋友看到怒焰的父亲一夜之间由显赫的王公沦为逃亡的叛贼，纷纷疏远了怒焰。

怒焰最近这几个月一直都非常生气，有时候气得浑身发抖，都快原地爆炸了。他最气的是他的父亲长尾。他觉得长尾把所有事情都搞砸了，连累了自己。

长尾时不时派人来联络怒焰，商量一些应对目前困局的对策，这也让怒焰很不高兴。他害怕万一被别的猫头鹰发现了，报告给国王，那他自己的前途就更没希望了。

怒焰自认是只肌肉发达又善于思考的猫头鹰。在沉默中，他计划了无数个方案，每一个方案都美妙得让他几乎忍不住要为自己大声叫好，忍不住要佩服自己智勇双全。他劝说自己要耐心，耐心等待最好的机会。

　　现在火焰岛的猫头鹰都知道，冰中烈焰阿雪公主是国王心目中的继承者。庄严的雪山国王在167年前的临终遗言，"雪羽灰影，火焰重生"，已经在火焰岛传得神乎其神，阿雪简直就是转世的女神。阿雪得知自己的身世之后，也经常会到火焰岛来看望叔父长爪国王。大家都很喜欢阿雪公主，希望她将来能成为火焰岛的女王。

　　怒焰也很喜欢阿雪的美丽和温柔。每次他见到阿雪，都会赶上前去献殷勤，但阿雪始终对他淡淡的，通常只是礼貌地冲他点点头，几乎没有和他说过一句话，对待他这个堂堂的皇兄远远没有对那个什么闪电阿威友好。

　　每次看到阿雪和阿威有说有笑，亲密无间，怒焰心里都恨恨的。他把这些仇恨默默地狠狠地刻在心上。

　　怒焰对自己的相貌和智慧都自负到了极点，他认为自己是天下一等一的良种猫头鹰，只要他做出表示，没有一个猫头鹰姑娘能抗拒他的魅力，阿雪没有理由不爱上自己。他发誓一定要征服阿雪，否则，哼，就要彻底毁了她。

2

　　这天，怒焰主动来找阿雪，阿雪正埋头查资料呢。

　　怒焰一改平日没话找话的乏味样子，一脸忧患地对阿雪说："你听说了吗，狂野大沙漠的弯角大羚羊快要灭绝了，我在想怎么帮助他们呢。"

　　阿雪抬起头看了他一眼："你有什么好主意呢？"

怒焰侃侃而谈："根据我的调查，这几十年来，紫光大陆地的人类为了获取弯角大羚羊的羚角、皮毛、肉，或者纯粹是为了好玩，开着汽车深入沙漠地带，挥舞枪支，大肆屠杀弯角大羚羊，硬是把野生弯角大羚羊消灭得干干净净，现在只剩最后几千只生活在人工圈养场里，其中大多数就客居在咱们的狂野大沙漠。弯角大羚羊历经数百万年进化，对严酷的沙漠生存环境进化出了一套巧妙的适应方式。我担心人工圈养的后果，将使他们丧失宝贵的习性，即使勉强能继续繁衍一阵子，也终将慢慢衰落、灭绝。"

怒焰说这番话的时候慷慨激昂，像诗朗诵一样。他朗诵完之后停顿了一下，观察阿雪的反应。阿雪对他点点头，示意他继续。

怒焰就继续朗诵起来："我在想，能不能制订一个计划，使弯角大羚羊慢慢恢复野生习性，回到野外栖息地。这才是保护他们的长远之道。"

怒焰这些话倒是非常符合阿雪一贯的主张。

"好主意！"阿雪说，"你对弯角大羚羊了解得还挺多的嘛。"

怒焰看到阿雪对他露出了难得的赞赏的微笑，神魂颠倒，差点都要改变心里的计划了。

怒焰："我其实对生态保护也很感兴趣的。为了弯角大羚羊，我去了很多次狂野大沙漠。明天你有时间吗？和我一起去看看适合弯角大羚羊的野外栖息地吧，我详细跟你说说我的想法。”

“好啊！”阿雪爽快地说。

怒焰：“那我们明天傍晚在弯角大羚羊圈养场外面碰头吧？”

阿雪答应了。

3

小灰翅现在俨然成了阿雪野外调查的小助手。他同时不加任命、自然而然、自觉自愿地成了阿威的“小情报员”。

阿雪前脚刚刚通知小灰翅明天傍晚去狂野大沙漠，小灰翅后脚就跑去告诉阿威了。

阿威马上说，他要跟阿雪说一声，明天一起去。

小灰翅高兴地哼着歌，飞回雪枭村去了。他喜欢和阿威、阿雪一起出去探险。

小灰翅走后，阿威坐下来，静静地想了一会儿。然后，他径直向猫头鹰图书馆飞去。

长眉馆长正在悠闲地整理图书馆后院的花草，见到阿威，他连忙飞过来迎接。长眉对这个年轻猫头鹰的印象特别好，甚至可以说，特别喜爱。他俩在阿雪的介绍下一见如故，现在已经成了忘年交。

阿威说了阿雪明天的计划。“是怒焰建议她去的。”

阿威强调说。

"唔，"长眉凝视着一丛小紫花，慢慢地说，"我和长爪谈论过怒焰这个孩子。长爪认为这个孩子是无辜的，不能因为长尾一心想给他清除路障、坏事做绝就怪罪他。换句话说，长爪认为这个孩子没有什么野心，也没什么坏心。"

阿威："我只是很奇怪，他怎么忽然对生态保护感兴趣起来了呢？"

长眉对阿威眨了眨眼睛，仍然慢腾腾地说："如果你问长爪国王，国王或许会回答说，也许他是为了博得某个猫头鹰姑娘的好感。而且，国王很可能非常鼓励他这么做。"

阿威笑了笑："好吧。不管怎样，我明天会提高警惕，以防意外。"说完，他站起身来，准备告辞。

长眉也立起身，眉头轻蹙："谢谢你，阿威。有什么情况，请你及时来通知我。其实，我和你一样，非常不安。"此刻，长眉看起来非常非常苍老，眉宇间藏着无尽的哀伤，令阿威心头很难过。

阿威上前去轻轻拥抱了长眉一下："有我在，您不要担心。"

4

大羚羊圈养场位于狂野大沙漠的最西边，紧挨着东部大草原。

　　夕阳西沉，阿雪和阿威他们背对着晚霞一路向东。路过东部大草原自然保护区时，他们看到老朋友长颈鹿斑斑正和怀孕的妻子在夕阳下散步。"哟嗨！嗨！"阿威、阿雪和小灰翅向斑斑他们挥挥翅膀，打声招呼，继续往东飞去。

　　最后一抹霞光融化在暗沉沉的绿野森林里，他们远远看到前方的弯角大羚羊圈养场。

　　他们加快速度，在朦胧的夜幕下一鼓作气飞到了圈养场。四周没有怒焰的影子。

　　"看来怒焰还没来，我们先到了。"阿雪说着，轻巧地降落在圈养场外面的小栏杆上。阿威和小灰翅也落下来，四处张望着。圈养场里静悄悄的。

　　现在是沙漠里最热的时节，已经是傍晚了，仍然热得要命。

　　忽然，一只凶猛的母山狮从圈养场的墙背后跳出来，一边一只，把阿雪和阿威摁在脚下，嘴里叼着小灰翅。

　　三只猫头鹰慌了神，拼命挣扎。眼看着小灰翅渐渐没有动静了。

　　山狮把小灰翅吐在地上，威胁地瞪着阿威和阿雪，低声呼噜着。小灰翅软绵绵地躺在地上，一动不动，不知是死是活。

　　"小灰翅！"阿威和阿雪望着小灰翅，急切地大叫。

　　"是你们偷了我家宝宝的救命水！"山狮咆哮着。

"没有！我们才刚到这儿！"阿雪喊道。

山狮眯起眼睛，露出一丝犹豫的神情。

"抓住了吗？抓住了吗？谁偷的？谁偷的？嘎！"一个熟悉的声音从管理员宿舍那边传来。

"阿历克斯！"阿威和阿雪一起大喊起来。

话音未落，阿历克斯出现了。

"哎呀！"他一看到阿威和阿雪被山狮踩在利爪下、小灰翅死在地上，就急了，冲着山狮狂吼："错了！错了！他们是朋友！快放开！快点！快点！嘎！"

山狮显然对阿历克斯很尊重，她缩紧尾巴，有些不太情愿地松开爪子，把阿威和阿雪放了。

阿雪和阿威一起扑到小灰翅身边，急切地呼唤他。小灰翅紧闭双眼，一动不动。他的脖子被母山狮咬得血肉模糊。

"让我看看，让我看看！嘎！"阿历克斯吼叫着冲过来，把头贴在小灰翅胸口。"呼吸比较平稳，暂时休克！嘎！"阿历克斯宣布。

阿雪也连忙趴过去听，果然，小灰翅的心脏还在"扑通扑通"跳动，虽然很微弱。幸好山狮只是想要制服他们，没有咬出致命的一口。

终于，小灰翅的翅膀微微动了动，睁开了眼睛。他痛苦地咧咧嘴，想要哭，又忍住了。

“不要乱动，”阿雪一边轻轻抚摸着小灰翅的脑袋，一边温柔地安慰他，“你的伤口需要包扎。”

阿历克斯赶紧飞回管理员宿舍，不一会儿，衔了一条长长的纱布回来，纱布里面竟然还包着一盒止痛药。

阿雪：“阿历克斯，你真聪明！”

阿历克斯吐出纱布，张开大嘴：“我知道！会认字的鹦鹉是无价之宝！”

阿雪小心翼翼地为小灰翅包扎伤口，小灰翅不时发出疼痛的呻吟。

与此同时，阿威一直警惕地盯着山狮，还不时扫视四周，观察动静。

山狮竖着耳朵，像一尊雕塑一样，纹丝不动，冷酷地盯着阿威他们的一举一动。

5

小灰翅安静下来，昏昏沉沉地打起盹来。

山狮继续眯着眼睛，怒视着阿威和阿雪。

阿历克斯抱住阿威：“你们怎么也来了？也是来帮助山狮宝宝的吗？”

阿威：“山狮宝宝怎么了？”

阿历克斯：“嘎！你们不知道啊！这个山狮妈妈叫珍娜，今年生了4个宝宝，才2个月大，刚刚断奶。前天晚上她出去觅食的时候，不知道谁偷偷袭击了她的小宝宝。管理员阿亮一大早发现，珍娜抱着四个奄奄一息的小宝宝痛哭，阿亮就通知阿海队长带我过来一下，由我当翻译，让珍娜同意管理员把她的宝宝们都接到圈养场治疗伤口。我好说歹说，珍娜才同意。这两天小宝宝们恢复得很不错，珍娜也挺高兴的，是吧珍娜？我呢，每天下午都过来和珍娜聊几句，看看小宝宝们。今天我一来就发现阿亮给我留了个信息，说他下午接到一个紧急会议的通知，已经出发去绿野市了，三天以后才能回来。他还说临走前给山狮宝宝们准备了足够的饮用水，就放在那边墙角下的储水罐里，可是珍娜刚才发现水全都没了！山狮宝宝的烧还没有完全退，伤口还没好利索，路都走不稳，这么热的天，没有水可怎么办呐！这可是救命水啊！"

阿威："我们倒是可以帮山狮宝宝再运些水来。但首先我们得找到偷水的贼，不然这个偷水贼还是会继续把我们运来的水给偷走。"

阿历克斯："会不会是被哪个弯角大羚羊给偷喝了？我没见阿亮给他们留水啊，可能是阿亮走得太匆忙了。"

阿雪连忙说："千万不要冤枉好羊，弯角大羚羊不会偷水喝的，他们自身有一套巧妙的取水和节水方式，可以10个月都不喝一滴水。"

阿历克斯："那我们过去问问他们有没有看见可疑的动物！"

阿雪："我猜他们现在正忙着吃草，顾不上回答我们的问题呢。他们经常吃的草非常干燥，在白天只含有1％的水，但是到了晚上，随着气温的下降和湿度的上升，这些草的水分含量会增加20倍。”

阿历克斯：“我们可以去问大羚羊姐姐玲玲！她一定愿意回答我们的问题！她可喜欢我了。我最喜欢站在她的背上四处游逛啦！”

“那小灰翅怎么办？”阿威问。小灰翅正躺在一个小草窝里昏睡，看来止痛药有麻醉、催眠的作用。

“我来照看他。”珍娜冷不丁开口了，“你们放心去！帮我抓出小偷！谢谢你们！”她从牙缝里挤出了这几句话。

6

玲玲姐姐果然正在吃草。太阳下山好一会儿了，现在没那么热了，空气潮湿多了。

阿历克斯老远就喊：“玲玲姐姐！你有没有看到可疑的动物来过这里？阿亮下午在墙角那边给山狮宝宝留的水，不知道被谁给偷走了！”

玲玲边咀嚼草料边说：“嗯，下午我在打盹，好像没看见有谁来过，大家都躲在家里乘凉呢。太阳落山以后嘛，嗯，长耳鹿来过，还跟我打了声招呼。对了，刚才几只小敏狐悄悄伏在栏杆外面，可能想偷吃小羚羊，一被我们发现，他们就跑了。我还看见了一群棉尾兔，不过这些小兔子每天傍晚都会经过这里的。对了，那个像袋鼠一样跳着走路的小老鼠刚才也飞快地跳过去了，还有那个傲慢的眼睛上面经常沾满了盐巴末的走鹃小姐也来过。"

阿威："就这一会儿，经过的动物还不少呢。我们先来排除一下吧。唔，走鹃应该不会。去年夏天我去参加老朋友骆驼阿力家举办的夏夜聚会，遇见阿力的老邻居走鹃先生捕蛇君，他跟我说，他们走鹃几乎不喝水，除了吃草，还吃大昆虫、蜘蛛、蝎子、蛇、老鼠、蜥蜴……他们可以完全靠食物中的水分维持生命。"

阿历克斯听了，却觉得走鹃很可疑："嘎！天下竟然有不喝水的鸟儿？嘎，他们吃的这些食物里才有多少水分啊！"

阿雪："走鹃的小肠特别特别长，小肠壁上面还有许多小绒毛，这些小绒毛增加了消化面积，可以更多地吸收食物残渣中的水分。玲玲刚才说他们的眼睛上面总是沾满了盐巴，那是因为他们的眼睛上面有盐腺，可以帮忙排出体内多余的盐分，保持身体的水平衡。"

阿历克斯："海鸟才有盐腺！人家海鸟长盐腺是因为喝的是咸咸的盐水，走鹃凭啥也长盐腺？太可疑了，嘎！"

阿雪："走鹃长盐腺完全是因为喝水少甚至不喝水，使得体内盐浓度太高，必须由盐腺排出去。"

阿历克斯歪着脑袋思考了一会儿，终于点了点头。

于是大家都同意排除掉走鹃小姐。

“我认为小敏狐也可以排除。”玲玲接着说，“虽然他们总想偷吃羊宝宝，很可恨，但不得不说，他们确实比走鹃还不需要喝水。他们也进化出了一个神奇的消化系统，可以从食物中获得所需要的水分。”

阿历克斯：“我排除长耳鹿，他们好乖好温柔好善良，长得特别可爱，绝对不会干坏事！嘎！嘎！”

玲玲咯咯地笑了：“长耳鹿的确可以排除，不仅因为他们很乖很可爱，而且因为他们总是在自己的水源地附近活动，根本不需要偷别人的水喝。”

阿雪：“棉尾兔和小袋鼠鼠也可以排除。棉尾兔也几乎不喝水，他们吃草和蔬菜，也可以完全从食物中获取身体所需要的水分。而且他们和其他很多兔子一样，还会吃自己的粪便，二次吸收食物中的营养和水分。”

阿历克斯露出一个“臭死了”的表情。他屏住呼吸，发了个抖，尖着嗓子说：“嘎！吃自己粪便的一定不会偷水，排除排除！下一个！”

阿威忍住笑，咳嗽了一下，没说话。玲玲又咯咯咯地笑了起来。

阿雪于是接着分析：“至于小袋鼠鼠嘛，他应该是所有这些动物里最耐旱的，他靠自身的水循环系统，一辈子完完全全不喝水。”

阿历克斯觉得非常可疑：“不会吧！这些小老鼠，能有那么厉害？作为一只活生生的动物，怎么可能一辈子不喝一滴水？"

阿雪："他们的办法可多了。比如，他们竟然没有汗腺，不会有一丝一毫水分从皮肤上面挥发掉。他们的呼吸系统是个降温系统，鼻孔可以吸收空气中的水分。他们可以两次利用尿液，最后排出体外的尿液浓度差不多和海水一样。他们的便便比普通老鼠干燥5倍。他们主要靠干燥的种子为生，但他们很聪明地避开那些富含油脂和蛋白质的种子，为什么呢？因为这两样营养物质都需要他们格外消耗水分，太不划算。"

阿历克斯："这也叫聪明呀？我最爱吃富含油脂和蛋白质的种子！阿海说，这样的种子营养丰富，他表扬我聪明！还鼓励我多吃！"

阿威笑着说："这个我也知道一二。要是吃油脂丰富的种子，会产生更多热量，使他们的呼吸降温系统加大耗水量，而消化蛋白质更是需要太多的水分来稀释排泄物。在节水方面，小袋鼠鼠真是聪明到家了。他们是名副其实的节水冠军。"

阿雪："没错！他们节约用水到了什么程度？说了你们可能都难以相信，他们只在有绿色植物和昆虫可吃的时候才会考虑生小鼠宝宝！否则他们这一套精打细算的水平衡就维持不下去了。"

阿威："我以前就听说小袋鼠鼠的地下洞穴系统非常复杂，吃饭、睡觉、生活都有专门的房间。这么精打细算，竟然还有能量建造那么复杂的洞穴，真不简单。"

　　阿雪："嗯！他们把种子放在凉爽、湿润的地下洞穴里，种子吸收了洞里的湿气之后，能比干燥时增加三分之一的重量呢，这地下洞穴可是小袋鼠鼠们精打细算的一大招呢。"

　　阿雪这一堂课讲完，大家一致认定，小袋鼠鼠万万不可能费神费力去偷别人的水，不划算。

　　阿威："这么一来，所有玲玲看到的动物都被排除了。"

　　线索断了。下一步该询问谁呢？

7

　　阿威忽然一敲脑门，想起了什么："喂，阿历克斯，你今天又是什么时候来到管理员宿舍的？"

　　阿历克斯："嗯，差不多太阳离绿野森林的树尖尖还有我的两根翅膀那么高的时候。"他说着，展开漂亮的翅膀比划着。

　　阿威："你来的时候，有没有注意到救命水还在不在？"

　　阿历克斯："我没注意啊。我看了阿亮的留言，就直接去看了看四个小山狮宝宝，看他们都活得很好，我就回到管理员宿舍里凉快去了。不一会儿，我听到珍娜在外面叫起来，说水被偷走了。我赶紧跑过去看，才发现水真的不见了。”

阿威：“那又是什么时候呢？”

阿历克斯：“太阳离绿野森林的树尖尖还有我的一根翅膀那么高的时候。”他说着又展开翅膀开始比划。

阿威：“也就是说，太阳落山之前救命水就不见了？”

阿历克斯：“对！你分析得完全正确！”他举起一只爪子，大喊道："HIGH　FIVE!"他想要和阿威击爪庆贺，这是他跟阿阳新学的一门语言。

阿雪和阿威哭笑不得地看着他。

阿历克斯疑惑地看看自己的身体，嘎，胸脯上并没有饭点子，他再摸摸鼻子，上面也没有鸽子屎：“你们为什么这么看着我？有什么不对吗？”

“有了你，难道我们还需要太阳落山以后的目击者吗？还需要排除一大串太阳落山以后才出现在这里的动物吗？”阿威没好气地问。

阿历克斯呆呆地看着阿威，一时没听懂阿威在说什么。

阿雪：“我们调查了一大圈，所有被排除的动物都出现在太阳落山以后。你要是早说太阳落山之前水就没了，我们就不用问了啊！”

“噢！”阿历克斯这才恍然大悟，“我怎么忘记告诉你们了啊！”他懊恼极了。

阿威："没事没事，如果你早告诉我们了，我们就不能互相学到那么多沙漠动物节约用水的科学知识了，这些知识对破案非常有用，呵呵，呵呵。"

"那倒也是！"阿历克斯又高兴起来，觉得自己又立功了，又要和阿威HIGH FIVE一下。

"唔，我还有一个疑问。"阿威对阿历克斯说，"你刚才说，是珍娜发现救命水不见了，她在外面叫喊水被偷走了，你才知道水没了。是这样吧？"

阿历克斯："对！你总结得完全正确！嘎！嘎！"

阿威："问题是，管理员今天下午临走前，才留了三天的水，珍娜又是如何得知管理员曾经放了救命水在墙角呢？"

阿历克斯："嘎嘎，她这几天除了夜里去觅食，其他时间都守在圈养场山墙后面的灌木丛里。我一来，就先去灌木丛里和她打了个招呼，她正打盹呢，还是我把她喊醒的呢。她醒来后还告诉我说，她看见管理员走了，临走前留了一大罐水给宝宝们。我听了她的话，才去找管理员的留言，我猜管理员肯定会给我留言的。一看到果然有留言，我高兴坏了。我猜得太准了，我真是太聪明了！刚才我一直默默告诉自己要谦虚，不要自夸，所以就忍住没告诉你们这件事。噢！对了对了！珍娜也极有可能看到有什么可疑动物来过这里！哇，我太聪明了！不好意思又自夸了。我们现在去问问珍娜吧！"

阿雪和阿威又一次哭笑不得地看着阿历克斯。

阿历克斯："怎么了？我又说晚了吗？"

阿雪抿着嘴笑："今天你是头号线索库，全听你的，咱们这就去问珍娜。"

阿威苦笑着说："今天全是我的错，我应该先好好问问你，再去问别的动物。"

阿历克斯："嘎！嘎！有道理！我知道的情况其实挺多的！嘎！嘎！"

玲玲笑得直不起腰来，直接倒在地上了，眼泪都笑出来了。

"看，我说得没错吧！玲玲姐姐可喜欢我了！我随便说一句话，都能把她笑成这样，哈嘎嘎！"阿历克斯得意极了。

8

小灰翅还在昏睡。珍娜的双眼炯炯有神，在夜色中发出奇特的光彩。她一看到阿历克斯带着阿威和阿雪回来了，就立即站起来，"怎么样？找到小偷了吗？"

阿历克斯："还没有，玲玲目击到的可疑动物都被排除了……"他兴高采烈，"刚好和我知道的情况完全吻合！嘎！嘎！"

阿威问珍娜："听阿历克斯说，是你最先发现救命水被偷走了。你是怎么发现水不见了？"

珍娜："太阳快落山的时候，天气没那么热了，我就从灌木丛里出来——阿历克斯来的时候就把我吵醒了，我虽然不想再睡了，但懒得动弹，就在阴凉里又趴了一会儿——我刚走近山墙，就听到我的小宝宝们全都在屋里哭喊口渴了。我很着急，也觉得很奇怪，不是留水了吗？我跑到水罐子那边一看，才发现水全都没了！"

阿威："你在发现救命水不见了之前，有没有看到什么可疑的动物经过这里？"

珍娜："整个下午我在灌木丛里打了好几次盹，除了一只羚黄鼠，一直没看到有别的动物出没。"

阿威："你看见那只羚黄鼠做了什么呢？"

珍娜："我有一次打盹醒来，看见那只羚黄鼠正伸开四肢、平铺腹部，在下面那个沙坑的阴影里乘凉。我考虑了好一会，要不要去捉了他，留给我的宝宝们当点心，最终还是懒得动弹，就放弃了。那会儿的太阳实在是太暴烈了。"

阿历克斯："哇呀，今天下午狂野大沙漠简直热得冒烟啊！羚黄鼠在大太阳底下出来乘凉，也不怕太阳把他晒化了！居心不良！不怀好意！图谋不轨！"看来阿历克斯最近学了不少新词儿。

阿雪："在狂野大沙漠的夏天，只有极少的几种动物可以在白天最热的时候还出来活动。说起来，羚黄鼠还真是其中的一种呢。他能忍受42摄氏度的体温，这点在哺乳动物里算是很拔尖的了。"

阿历克斯抢着说："玲玲能忍受46摄氏度的体温！玲玲是哺乳动物里最厉害的！嘎！嘎！"

"你说得很对。"阿雪对他竖了竖爪子。阿历克斯心情好极了，觉得自己又为破案立功了，"嘎！嘎！我总是发挥关键性的作用！"

阿威问："谁能把羚黄鼠排除掉？"阿雪和阿历克斯都摇摇头说不能确定。

珍娜见了，咬着牙说："八成就是他干的！早知道我那会儿就跳过去，把他抓了直接吃掉！"

阿雪忙说："证据还不充分，我们必须先和他对质一下！"

珍娜："这好办！我知道他躲在哪儿，我这就去把他抓过来！"

珍娜说完，纵身一跃，带着一阵刚猛的小风，转眼就消失在夜色中。

珍娜的小风吹到小灰翅脸上，凉飕飕的，小灰翅打个激灵，醒了过来。他迷迷糊糊地听见，阿威他们三个正讨论着什么偷盗救命水的案子，听阿历克斯的口气，有一只黄老鼠肯定是个大坏蛋。

9

没一会，珍娜又带着一股刚猛小风跑回来了，嘴里叼着的，正是那只瑟瑟发抖的羚黄鼠。

珍娜恶狠狠地把羚黄鼠扔在地上。

小灰翅见了嚷起来："嘿！你误伤好鼠！他是我的朋友小黄帽！羚黄鼠不是老鼠大坏蛋，他是松鼠！可爱的小松鼠！哎哟，哎哟！我的脖子好痛啊！"

阿雪连忙过去轻轻拍拍小灰翅："别乱动，别着急，不会冤枉好鼠的！"

阿威把小黄帽从地上扶起来，问："那边墙角的水罐子，你今天下午动过吗？"

小黄帽："没……没有……"

阿威："下午那么热，你出来活动，口渴吗？"

小黄帽："不……不渴……"

小灰翅又嚷起来："阿威探长！不用问啦！他不会偷水喝的！他几乎不用喝水！靠食物就能解渴！你们不知道，他们有多节约用水！他们的尿液浓度有多高你们知道吗？他们呼出的气体中水分损失有多低你们知道吗……咳咳，哎哟！我的脖子！"

"嘎哦，"阿历克斯悄声说，"又排除一个！"

"唔，既然被目击经过这里的所有动物都不需要偷水喝，那是不是谁故意搞破坏呢？"阿威有些沮丧地说，"如果是这样，我们的调查就又回到了起点。对自己没有任何好处的破坏，谁会搞呢？如果是恶作剧，那也太残酷了吧？"

阿雪轻轻飞到小黄帽身边，和气地看着他说："我们也都是小灰翅的好朋友，你不要害怕。你下午出来活动的时候，有没有看到谁在管理员宿舍这边走动？"

"有……"小黄帽小声说。

大家的心跳都加快了一拍。

阿雪："是谁？"

小黄帽："嗯，我看得不太清楚，不知道他是谁，对不起……嗯，我只看见他是一只雄壮的年轻猫头鹰，灰白色的……"

"啊！"小黄帽的话还没说完，大家就都忍不住意外地叫了一声。

小黄帽不安地看看这个，又看看那个，以为自己说错了什么。

阿雪连忙安慰他："你这个信息太重要了。这只猫头鹰做了什么？"

小黄帽："他东张西望地飞过来，先是在宿舍门口放了一封信，然后敲敲宿舍的门，接着飞快地躲到窗户边的树上。他好像在假装自己是个快递员，我觉得他很有趣，就躲在灌木丛里继续偷看。我看见，管理员出来，看了信，给水罐子里装满水，没一会就急匆匆地走了。管理员走了之后，过了好一会儿，这只猫头鹰悄悄从树上飞下来，飞快地用鸟嘴把水罐子下面的木塞子拔了下来。他的鸟嘴力气可真大！这个罐子下面全是黑灰，糊了他一脸，嘻嘻，真滑稽。他又东张西望地飞回到树上，观察了一会之后，飞进宿舍背后那片灌木丛里去了。过了好一会他都没有再出现。天气太热了，我把尾巴竖起来当遮阳帽都不管用，体温唰唰往上升，我就躺到下面那个沙坑的阴影里降温去了。”

阿威和阿雪盯住宿舍背后那片灌木丛，凝神看了好几秒钟。灌木丛枝叶茂密，悄然无声。

珍娜抬起头，闻了闻，摇摇头说：“没错！什么都没有！早飞走了！”

10

“怒焰怎么还没来？”阿威没头没脑地问。

“对呀！真奇怪，明明是他提议到这里来的。也许他有什么急事被耽误了吧。”阿雪说完，转过头去看着阿威：“哈，你不会是怀疑他吧？”

阿威耸耸肩，没说是，也没说不是。

阿威飞到罐子边，果然看到木塞子胡乱扔在地上。水罐子上面还连着一根小水管，小水管一直伸进山狮宝宝养伤的那个小屋子里。

阿威暗中责怪自己今天真是被晒晕头了，竟然没有第一时间来查看水罐子。他用爪子摸了摸木塞子下面的地面，感觉凉凉的，没法分辨那是夜间的潮气，还是下午被沙子吸走的救命水留下的最后痕迹。

阿威飞到小屋子里，只见四只小山狮都挤在水管前面，却怎么都吸不出水来，见了阿威，他们一个个呜呜地哭叫起来。珍娜听到了，却没法进来帮忙，就呜呜嘶叫着，在围墙外面急得乱跳。

阿威先把木塞子插回到水罐子上，然后和阿雪、阿历克斯一起使劲，把主水管放进水罐子里。接下来，阿历克斯自告奋勇，用他的大嘴巴打开了管理员宿舍里的水龙头。水哗哗地流入水罐子里，很快罐子就满了，山狮宝宝们终于又可以吸上水了。他们真是渴坏了。

阿威对珍娜说："管理员不在的这几天，你要费心来守护这罐水了。"

珍娜："那是当然的！那只坏鸟再敢来，我绝不放过他！"

11

管理员阿亮到了绿野市，发现根本没有什么紧急会议，不知道是谁跟他开了个一点都不好笑的玩笑，他很郁闷地连夜返回狂野大沙漠。刚走近院子，他猛然发现珍娜竟然躺在水罐子旁边，把他吓了一大跳。珍娜见管理员回来了，就慢慢退回到山墙后面的灌木丛里。

这天夜里，怒焰很仔细地清洗了他黑乎乎的脸。但有一缕黑灰不知道怎么回事，油油的，黏黏的，怎么洗都洗不掉。他气得直接一根根地把那些染黑的羽毛拔了下来，一边拔，一边疼得流眼泪，一边又恶毒地诅咒着什么。等他拔完毛，真的是面目全非了，英俊的怒焰变成了一个丑八怪。

他给阿雪捎了个口信，说他生病了，所以今晚没法赶去赴约，很抱歉。

没想到第二天一大早，阿雪和阿威竟然带着一只羚黄鼠来看他。

怒焰躺在床上装病，装出快要死掉的样子。阿雪他们和他说了一会儿闲话，就告辞了。

一出门，阿雪立即悄悄问小黄帽："是他吗？"

小黄帽很肯定地说："不是！"

大沼泽地的枪声

1

在今天的生态保护课上，阿雪给雪枭村的小猫头鹰们讲的是星宿大沼泽地的故事。

"雪枭村的雪枭峰，不仅是绿野森林的最高峰，也是整个绿野大陆地的最高峰。从雪枭峰向北瞭望，可以看见一片广阔的沼泽地，一直伸展到遥远的大北雪山的山脚下。远远望去，大大小小的湖泊像一大群星星，散落在这片水草丰美的沼泽地上，森林居民们因此把这片沼泽地叫作星宿大沼泽地。这里曾经是鸟类的天堂。

"那时候，每到繁殖季节，各种各样的鸟儿便成群结队地从南方飞回星宿大沼泽地，数量如此之多，甚至遮盖了天空和阳光。春风和煦，游鱼鲜美，回到老家的鸟儿摆动着美丽的大羽毛，唱着最动听的情歌，寻找伴侣，繁育后代。

"但是，谁也想不到，他们会因为自己的美丽而惨遭灭顶之灾。人类忽然开始流行用鸟儿的羽毛装饰帽子，贵妇们为了表现对大自然的热爱，甚至在帽子上放上一整只小鸟标本，有些贵妇更疯狂，一下子在帽子上放上好几只小鸟标本，头上就像顶着一个鸟巢。贪婪的猎人们为了金钱，带着猎枪奔赴星宿大沼泽地。他们枪杀了鸟儿之后，只是残忍地拔走那些值钱的美丽大羽毛，把鸟儿的尸体随手丢弃，一时间，星宿大沼泽地尸横遍野，血流满地。因为猎人们杀害的都是繁殖期的成鸟，嗷嗷待哺的小鸟宝宝们没有父母的照顾，也必死无疑。就这样，上亿只鸟儿在一个春天被人类杀死了，很多种类的鸟儿因此灭绝了。

"星宿大沼泽地的天空一下子变得空空荡荡，偶尔有一只麻雀慌慌张张地飞过，'嗖'地一下就不见了。大地一下子变得寂静无声，再也听不到此起彼伏的壮阔情歌……"

阿雪讲到这里，眼眶湿润，鼻子酸酸的。

"后来呢？"听讲的小猫头鹰们眼泪汪汪地问。

阿雪："后来，有另外一些贵妇决定用另一种方式热爱大自然，呼吁改变戴鸟帽的时尚，呼吁政府立法保护鸟类。你们想想看，那时候，白鹭大羽毛的价格比黄金还要贵一倍，光是纽约市就有8万多名女工靠制作鸟帽为生。要对抗这么巨大的经济利益，只靠爱心呼吁可不够。再后来，人类终于立法禁止运输和销售受保护的野生动物，可那时在星宿大沼泽地，羽毛最珍贵的白鹭和鹭鸶仅剩几千只了。而且就算立法了，也并不能完全禁止偷猎。在星宿大沼泽地，曾经有3名看守人为保护鸟类，被偷猎人残忍杀害。在这次血案之后的一次伦敦拍卖会上，一下子就卖出将近13万只白鹭羽毛。"

小猫头鹰们默默地流着眼泪。

阿雪接着说："如果不是人类自己爆发世界大战，改变了妇女的时尚，星宿大沼泽地的鸟儿肯定会被赶尽杀绝。战争期间，人类女性开始流行短发，没法再戴鸟帽，鸟羽因此退出了市场，对沼泽地鸟儿的屠杀终于停止了。星宿大沼泽地的鸟儿数量开始慢慢回升，但大沼泽地作为鸟类天堂的日子，已经一去不复返了。你们都看到了，人类从东部大草原开始大兴土木，大开发一直延伸到山丹大草甸和星宿大沼泽地。大沼泽地一半的湿地在几年之内迅速消失，鸟儿失去家园，数量又开始急速下降。虽然现在人类终于认识到了大沼泽地的重要性，开始花很多很多钱，想要恢复、保护大沼泽地，但收效却非常缓慢。"

"这次野外探险，我们能去星宿大沼泽地吗？"小灰翅问。

其他的小猫头鹰也都七嘴八舌地说，好想去大沼泽地看看。

"我奶奶不许我们去大沼泽地旅行，她说，那边的小鱼、小草、小花都会发射子弹。"小猫头鹰妹妹伶牙俐齿的瞳瞳奶声奶气地说。

阿雪轻轻抚了抚瞳瞳的大脑袋："不用担心，现在人类偷猎大沼泽地的鸟儿是非法的！我正打算这次带你们去星宿大沼泽地探险。我会叫上阿威探长和他的助手们来保护大家。你们回家以后先征得家长的同意，填好这张表格明天交给我就行。"

"太好啦！"小猫头鹰们听说他们崇拜的大英雄阿威也一起去，都高兴坏了。

2

"星宿大沼泽地太危险了！人类是地球上最恶毒、最凶险的动物，阿雪绝对不能去！"火焰岛国王长爪一听说自己心目中的继承者又要身赴险地，立刻急了。

长眉："阿雪主意已定，还要带一队小猫头鹰一起去。这的确有些危险，但我不想过分限制她的自由。幸好阿威探长和他的助手会一起去。"

长爪见过阿威几次，但彼此没有交谈过。"阿威就是那只羽毛长长的猫头鹰小子吗？他为什么总和阿雪在一起？长得倒是一表鹰才，可惜是个平民。"

长眉皱皱眉头："是他，大家都称他长毛灰影快如闪电。这是个很不错的小伙子，品格高洁，重情重义，聪明勇敢，阿雪和他是好朋友。"

"嗯，"长爪淡淡地点点头。"如果阿雪非去不可，只有阿威那几个平民小子陪同可不够，我一定要派大批侍卫队员去保护她。人类如果胆敢出来使坏，就让他们好好尝尝我们猫头鹰王国的厉害！哼！"

长眉又皱皱眉头，沉吟了一下："侍卫队一出动，难免打草惊蛇，别忘了流川啊。"

长爪攥紧爪子，昂起头，脸上的羽毛都鼓了起来："怎么能忘了他！正好让他去通风报信！我有些想念故人了，长尾小弟他也该出来见见我了。"

长眉忧心忡忡地叹口气。"如果是这样，那我们需要制订一个周全的计划。"

长爪自信地点点头："那当然！我会让惊涛精心安排，好好招待招待咱们的小老弟！哥哥放心吧！"

3

戴黑斗篷的年轻猫头鹰四下里张望了一下，确定没鹰注意他，也没鹰跟踪他，便一闪身，迅速飞进一户人家。

这是东部大草原开发区很普通的一处民宅，进去以后你才能看到，这里一点都不普通，隐藏着一个偷猎组织的秘密黑窝点。多年以来，这些偷猎人像幽灵一样，在绿野森林、星宿大沼泽地和狂野大沙漠一带游荡，杀死一切可以卖钱的动物，根本不在乎这些动物在不在法律禁止捕猎的名单上，更不关心他们疯狂的盗猎会不会直接导致一些濒危动物的灭绝。这是一伙很危险的亡命之徒，他们的眼里只有钱。按照他们犯下的罪行，每一个都够格在监狱里待上几十年的。

黑斗篷飞进去的时候，几个长相凶狠的偷猎人正在狭窄的院子里喝酒吃肉，他们瞄了一眼黑斗篷，没有理会。九只杀气腾腾的大狼狗卧在墙根儿下，也一动都没动。黑斗篷熟门熟路，径直飞进右手边的储物间。

这件屋子不大，臭烘烘的，堆满了杂物和一些没有处理完的动物骨头、毛皮和尸体。屋子中间的一根横梁上，挂着一只刚被杀死不久的母麝牛，她浑身是血，眼睛愤怒地大睁着。

狡猾的长尾正站在这根又脏又臭的横梁上打盹。他听到动静，立即瞪大双眼，见黑斗篷飞进来，他咧开嘴笑了，迫不及待地问："什么情况？"

黑斗篷小心翼翼地又东张西望了一下，见屋子里只有长尾一只猫头鹰，这才放下心来。他收起翅膀，落在横梁上，对着长尾恭恭敬敬地行了个礼。

看到长尾这么急迫，黑斗篷也没多说什么废话，开门见山："可靠消息！明早冰中烈焰要带一队小猫头鹰去星宿大沼泽地野外探险。"

长尾狂喜："真的？！真是天助我也！嘿嘿，自投罗网！"

黑斗篷斜着眼睛，谄媚地笑看着长尾："而且惊涛跟我说，长爪想派侍卫队去保护，但是长眉坚决不同意，说他不想过分限制女儿的自由。所以，明天只有那个闪电阿威和他的几个助手陪同。真是天赐良机啊！"

长尾："哈哈哈哈哈！偷猎队现在都听我的指挥，我飞哪儿他们就去哪儿，我从来不会让他们空着手回来。明天我就领他们去星宿大沼泽地，哼哼，顺便给我打几只白鹭换换口味。那几只脏狗最好不要跟我抢食！"

黑斗篷：“其他兄弟现在还流落在各地，终于可以把大伙儿集合起来再大干一场了！”

长尾：“唔，我马上就发出召集令。到时候你也去看看热闹！哈哈！这次一定要让这丫头有来无回！”

黑斗篷：“我要不要也告诉怒焰王子一声，问问他是不是也想去看看热闹？”

长尾：“不！别弄脏了他的手。我来给他清除一切路障，让他干干净净、漂漂亮亮地去当国王！全都是为了他，我藏在这臭屋子里，给这群蠢货当向导，动不动被他们打骂，连只宠物都不如！只要我儿子当上国王，我受的这些窝囊罪就都值了！”

黑斗篷：“明白了！怒焰王子必胜！”

长尾：“你回去以后多加小心，一定要保护好自己，千万别暴露！你对我很珍贵！”

4

野外探险队越过松树河，翻过雪枭峰，一路向北飞行。一路上，阿雪给小猫头鹰们讲解各种有趣的自然现象，肉球和猴面不断给小猫头鹰们示范如何抓住大老鼠，阿威则忙着回答小猫头鹰们的各种问题，比如怎么样和老鹰搏斗啊，怎么样观察罪犯的痕迹啊。小猫头鹰们都兴奋极了，野外探险从来没有这么好玩过。

凌晨时分，他们来到充满神秘色彩的星宿大沼泽地。阿雪吩咐大家稍微休息一下。

　　此刻，大沼泽地还在沉睡，时不时地，小鸟从睡梦中发出一两声鸣叫，那娇柔的鸟鸣消散之后，辽阔的大沼泽地显得更加寂静。空气清冽、湿润，在微明的天光里，数不清的湖泊像一面面银色的镜子，闪闪烁烁，茂密的花草铺满大地，在光影下重重叠叠。

　　"真美啊！"小猫头鹰们赞叹着，尽情享受大自然的静美和清爽。

　　忽然，一声枪响，撕裂了大沼泽地的宁静，几声惊恐的鸟叫，惊醒了整个大沼泽地。扑棱棱，扑棱棱，到处都是慌慌张张扑腾翅膀的声音，很多鸟儿在半梦半醒中迷迷糊糊地飞向天空。又是几声枪响，几只鸟儿应声落地。不远处传来清晰的狗叫声。

　　"注意隐蔽！有偷猎人！"阿威"呼"地飞起来，大声警告小猫头鹰们和大沼泽地的鸟儿们。一颗子弹立即"咻"地向他飞过来。阿威眼睛亮，耳朵灵，身手敏捷，他一低头，一侧身，子弹擦过他的后脑勺，落在地上，把一小块草皮炸开了花。

　　此刻，枪声大作，伴随着鸟儿们撕心裂肺的惨叫。更多的鸟儿被击中，这是一个血腥、悲惨的凌晨。

　　"大家都卧倒！别慌张！慢慢退回林子里去！"阿雪高喊道。她的声音沉稳、镇定，安抚了小猫头鹰们惊慌的情绪。

　　小猫头鹰们匍匐在地，在肉球和猴面的指挥下，慢慢向林子里撤退。

"奶奶说，这里的小草小花小鱼都会发射子弹。"瞳瞳声音颤抖，水汪汪的大眼睛里充满了恐惧。

小灰翅展开翅膀保护着她，带着她往前爬，悄声安慰她："别害怕！来，你藏在这个洞里，不要乱动！"瞳瞳乖乖钻进一个树洞里。

这时，一道灰影由东向西，从猫头鹰们的头顶快速掠过。小灰翅一眼瞥见，觉得很可疑，就悄悄展翅飞起，跟了过去。

只一眨眼的工夫，几只大狼狗出现在阿雪面前，恶狠狠地扑过来，阿雪灵巧地躲开，一飞冲天。几颗子弹同时向她扫射过来，阿雪中弹，从空中掉落。阿威见了，闪电般疾飞过去，揽住下落的阿雪，一闪身，躲到一棵大树后面。无数的子弹追过来，噼噼啪啪打在大树干上。

5

在子弹的呼啸声中，阿威吃惊地发现，在他的左边，悄无声息地出现了一个庞大的黑影。阿威吓了一大跳，难道偷猎人又发明了什么新式武器？

阿威紧紧抱住阿雪，瞪大眼睛，屏住呼吸，准备随时应对可怕的突然袭击。第二个巨大的身影从凌晨的薄雾中隐隐现身，紧接着，第三个，第四个……一群麝牛！

此时，狼狗们正盯住一只刚出生不久的麝牛宝宝，疯狂地扑过去撕咬。小麝牛的腿部和臀部都受伤了，鲜血直流。小麝牛忍住疼痛，拼命奔逃，跑到阿威身边，躲在树后，咩咩大叫着。

健壮的成年麝牛们迅速集结在一起，伸出坚硬锐利的弯角，刺向露出尖牙的大狼狗。狼狗们害怕了，赶紧躲开这些致命的弯角。

不一会儿，成年麝牛们就摆好了阵势。他们肩并肩，组成一个圆圈阵型，前后共有三重护卫，把麝牛崽崽们严严实实地围在中间的大树下保护起来。

成年麝牛们脸朝外，低下头，虎视眈眈地面对着凶狠的狼狗群，每一副弯角都像两把锋利的匕首刺向外围。狼狗们无计可施，既不敢进攻，也不愿离开，龇牙咧嘴，淌着口水，在麝牛们围成的圆圈外面转来转去，尖声嚎叫。

一阵嘈杂的脚步声。几个猎人端着枪，怪笑着跑了过来。他们举起枪，开始朝着麝牛射击。一只只麝牛应声倒下。

"发财啦！发财啦！哈哈哈哈！"

"那个猫头鹰老鬼可真有两下子！带了条好路！哈哈哈哈！"

偷猎人一边射击，一边狂呼乱叫着。

天色忽然又暗下来，数百只鸟儿齐刷刷地从沼泽地的花草丛中飞出来，遮盖了天空。他们训练有素，全副武装，配合默契，用锐利的双爪和鸟喙，向偷猎人发起猛烈攻击。偷猎人扔掉枪，用双手捂着脸，哇哇怪叫着，落荒而逃。大狼狗见势不妙，也追随着主人，撒腿狂奔。幸存的麝牛们赶上前去，愤怒地挑翻了好几只恶狗。

猫头鹰侍卫队井然有序地分出一队兵力，继续追赶偷猎人和恶狗，直到把他们赶出大沼泽地。另一队兵力在惊涛队长的率领下，飞过来守护阿雪公主。

"阿雪！阿雪！"任凭阿威怎么呼唤，阿雪都一动不动地躺在他的怀里，昏迷不醒。

阿威仔细查看阿雪的伤势，阿雪一共中了两颗子弹。一颗在翅膀上，一颗在脖颈上。脖颈上的伤口最严重，鲜血染红了她的整个胸口。

惊涛立即召唤随军医生为阿雪处理伤口。

随军医生竟然是医术高超的白云博士。白云指导阿威把阿雪轻轻放到临时病床上，然后熟练地把两颗子弹都取出来，包扎好两处伤口。

"阿雪没有生命危险，你们不用担心。"白云医生轻声对阿威和惊涛说。

惊涛长长地舒了一口气。阿威却只是眼睛一眨不眨地看着阿雪，心痛极了，宁愿受伤的是他自己。"都是我的错！"他自责道。

但阿威很快擦擦眼睛，抬起头，吩咐猴面和肉球："你们快去把孩子们集合起来，点个名，查看有无伤亡！"

不一会儿，猴面来报告："只有小灰翅失踪了！没有其他伤亡情况！"

阿威赶忙飞到小猫头鹰们的队列前，焦急地问："谁知道小灰翅去哪儿了？"

瞳瞳马上朗声回答："我看见他朝西边飞去了！"

阿威不由和惊涛对视一眼。惊涛一挥翅膀："一分队，跟我来！"

二十多个侍卫队员应声飞起，追随着阿威和惊涛，沿着茫茫的树林和沼泽地，向西边搜寻而去。

7

长尾凝神倾听着东边的动静。枪声忽然停息，疯狂的狗叫声渐渐远去。大沼泽地竟然很快恢复了宁静。

长尾心神不安地在一棵大树枝上来回踱步。他那群野心勃勃、心狠爪辣的叛国死党都聚在他的周围，不知道下一步该干什么。他们心里各自嘀咕着，却也不敢开口相问。

"情况不对啊！"长尾侧着耳朵，对一号心腹说。

三号心腹和四号心腹架着一只戴黑斗篷的年轻猫头鹰飞过来。"这个家伙想逃！"他们厉声嚷嚷着。

黑斗篷哆嗦着，小声分辩："没……没有……我去查看情况！"

长尾心烦意乱地对黑斗篷说："用得着你去查看情况？"

这时，长尾的侦察兵气喘吁吁地高叫着飞过来："报告！国王侍卫队把猎人和狼狗都赶跑了！"

"什么？"长尾气急败坏，转头看着黑斗篷，"你不是说没有侍卫队吗？"

黑斗篷："我……我也不知道是怎么回事！"

长尾阴沉地盯着黑斗篷，一字一顿地说："我来告诉你是怎么回事，你暴露了，而且出卖了我。你现在对我一点用处都没有了，废物！"

黑斗篷："我对您一片忠心，饶命啊！"

长尾挥起利爪，狠狠打在黑斗篷的头上。黑斗篷闷哼一声，落下树去。

"去查看一下，别又留下一个活口！我要他死！"长尾吩咐二号心腹。几只叛党猫头鹰于是随着黑斗篷飞落下去，树下传来沉闷的击打声。

"今天的行动到此结束！大家撤退！各自隐藏！等我下次的召集令！"长尾说完，展翅飞到空中。

8

"站住！你们这些坏蛋！一个都别想逃！"这一声清脆的大喝，吓得长尾翅膀发软，心脏骤停，差点从空中掉下来。

树上的其他叛党猫头鹰也吓得直哆嗦。

但是当他们看清楚，从草丛里飞出来的只是一只乳臭未干的小猫头鹰少年时，都狞笑起来。

"杀了他！"长尾冷冷地说完，头也不回地飞走了。一号心腹紧随其后，贴身保护。

几只强壮的叛党猫头鹰立即飞向小灰翅。

小灰翅勇敢应战。他学着阿威的招式，闪电般忽左忽右，忽上忽下。那几只坏猫头鹰虽然心存杀机，一时却也奈何不了小灰翅。

二号心腹看得不耐烦，对身旁的几个护卫说："快杀了他！"他下完命令，和其他几个心腹也急急忙忙地飞走了。

于是又飞过来几只叛党猫头鹰，加入对小灰翅的围猎。树上其他不多的几只猫头鹰互相看了看，不约而同地悄悄展开翅膀，溜走了。

小灰翅渐渐有些招架不住这么多猫头鹰恶徒的围攻，被击中好几次，浑身是血，疼痛难忍。但他真不愧"勇敢无畏"的名号，一点都不肯放弃，奋力与敌人对战，甚至巧妙地把一个强壮的敌人打落在地。

"你们被包围了！快快投降！"在最危险的时刻，阿威和惊涛带着侍卫队员们及时赶到。

那些叛党猫头鹰惊慌失措，立刻投降了。

惊涛一眼看到死在树下的黑斗篷。他飞过去，落下来，默默地站了一会儿，然后轻轻揭开斗篷。看着流川曾经熟悉的脸庞，惊涛流下了两行眼泪。

9

身受重伤、昏迷不醒的阿雪由侍卫队护送，去火焰岛疗伤。

初升的太阳照耀着美丽多灾的星宿大沼泽地，大地苏醒了。鸟叫、虫鸣，大自然又奏响了悦耳的生命之歌。

麝牛家族损失惨重，一共被偷猎人杀死了八头母麝牛、五头公麝牛和三头小麝牛。还活着的成年麝牛几乎都受伤了，所幸大部分小麝牛安然无恙。

领头牛大壮壮身上中了好多子弹，但他顽强地站立着，带领麝牛家族，为死去的麝牛举行最后的告别仪式。

小猫头鹰们难过极了，更有一股强烈的愤怒在他们的胸膛里燃烧。

仪式结束后，麝牛家族的悲伤仍然难以自抑。

瞳瞳问大壮壮："人类为什么要杀死你们呢？我听见那些坏家伙一边开枪一边不住地喊，发财了发财了！"

大壮壮重重地出了一口气："因为他们想要我们的皮毛、鲜肉和利角。"

阿威悲愤难抑："面对敌人，你们围成一圈，把崽崽保护在中间，这个强大的防御圈可以抵挡狼、熊和手持长矛的早期人类，却无法抵抗呼啸的子弹，反而让偷猎人可以挨个挨个更方便地猎杀你们！”

　　大壮壮："是啊！我们麝牛在地球上已经生存了60万年，是冰川纪残留下来的古老生物，猛犸象、柱牙象，还有其他40多种被早期人类捕杀灭绝的古老哺乳动物，都曾经和我们的祖先一起奔跑在冰川纪的地球上。我们一代又一代进化出来的防御体系，帮助我们把族群的血脉延续到了今天。但是面对枪支弹药，我们的确比枯萎的树叶还要脆弱，比扑火的飞蛾还要愚蠢，比没头的苍蝇还要迷茫，比娇柔的蝴蝶还要无力。如果继续和子弹耗下去，我们注定无法逃脱灭绝的命运！”

　　大壮壮的话语悲凉无比，小麝牛们和小猫头鹰们听了，都大哭起来。

　　大壮壮忍住伤痛，把身体站得更直了些："我们只有一条生路，继续向北方逃生，一直逃到大北雪山，逃到人类到不了的地方，逃到冰天雪地的北洲去！”

　　小灰翅擦了擦眼角，抽抽搭搭地问："你们不会被严寒冻死吗？”

　　大壮壮："放心吧，我们麝牛的绒毛是保暖性能最好的一种自然纤维，比相同重量的羊毛暖和7倍。这也是人类对我们开枪的原因之一！”

　　阿威："那就快点动身吧！等到人类发明出更便宜更暖和的人造纤维，他们也许会放过你们。等安全了，你们再回来！”

10

阿雪的伤情完全稳定了，但她的身体仍然很虚弱，面色苍白。

她很高兴，小猫头鹰们都安全地从大沼泽地回来了。尤其是勇敢无畏的小灰翅，帮助侍卫队抓住了十几只恶毒的叛国猫头鹰，火焰岛国王长爪亲自给他颁发了一枚金质奖章，还授予他一个小小的爵位，批准他破格加入了国王侍卫队。这些天，小灰翅天天忙着训练，武艺又长进了不少。

阿威和助手们还有小猫头鹰们围坐在阿雪的病床前，给她讲述了麝牛向北方大逃亡的事。

猴面感叹说："60万年的漫长进化，三四百公斤重的庞然大物，面对小小的子弹，竟然不堪一击。人类的各种活动，对其他生物的生存和进化，影响真是太巨大了。"

肉球黯然："是啊，除了古老动物的灭绝，还有原始森林的毁灭、环境污染、温室效应、外来物种入侵，哪一样不是人类活动带来的恶果呢？"

阿威："大壮壮那么威猛、庞大的动物，竟然像只小绵羊一样无助，想起来就让我心酸！"

大家都沉默了，低着头，心情沉重。

阿雪试着让大家振作起来："你们知道吗？麝牛本来就是羊呢。别看他们长得那么大，像野牛，其实并不是牛，亲缘关系更接近羊呢。"

瞳瞳："哦，怪不得小麝牛宝宝咩咩咩地叫妈妈呢。"

大家都被瞳瞳可爱的样子给逗乐了。

瞳瞳："麝牛闻起来香香的呢，我会想念他们的。"

阿雪笑着说："是啊！麝牛是一种多么神奇的物种啊！他们其实没有麝香腺，香味是从眼眶中的腺体散发出来的。让我们在心里永远记住他们吧。其实人类也已经注意到了麝牛面临的危险境地，很多地方的麝牛已经被人类立法保护起来了。"

阿威："但愿麝牛是幸运的，在被无知的猎人捕杀灭绝之前，就能得到有效的保护。唉，看看我们身边，还有更多的濒危物种，没有被人类注意到，有的即使被注意到了，也没能得到有效的保护。血腥的屠杀很容易激发人类的同情和怜悯，但那些由人类引起的更为隐秘的灭绝呢？"

11

"嘎！嘎！我来了！我来了！你们在讲什么故事？等等我啊！"阿历克斯大喊着，一头撞进病房。

"你的任务完成了吗？"阿威问。

阿历克斯："完成啦！完成啦！那些坏蛋偷猎人都被阿海他们给抓起来啦！嘎！嘎！每个坏蛋的脸都被猫头鹰的爪子抓得像烂铁皮，都躲在家里不敢出来见人，一网打尽！只可惜跑掉了一个小头目和一个小喽啰！"

瞳瞳和小伙伴们拍着小翅膀："太好啦！太好啦！大沼泽地安全啦！"

阿历克斯："嘎呀，那间屋子臭死啦！好可怕的屋子！有个麝牛妈妈死不瞑目地挂在横梁上！太惨！太惨！嘎，侍卫队怎么知道那些坏蛋都躲在那里啊？"

阿雪："惊涛告诉了流川一个假情报，流川跑去报告长尾，惊涛亲自跟踪流川，发现了那个黑窝点。你又第一时间报告了阿海队长，把那些坏家伙抓住了，真是好样的！你也应该得到一枚国王金质奖章！"

阿历克斯沮丧地说："不可能！长爪国王可讨厌我了，他觉得我替人类服务，是鸟类的叛徒。上次他板着脸问我，'知不知道你的祖先就是被人类逼迫、不得不从火焰岛逃到大沼泽地去的？'我当然知道啦！可是今非昔比，阿海跟那些破坏火焰岛的人类可不一样！嘎！"阿历克斯很激动。

阿雪："除了人类，叔父对任何动物都很仁慈，他对人类的敌意可深啦，总是说只有把人类全部赶出火焰岛，火焰岛才能复兴。"

阿威："这个观点我可不同意。没错，火焰岛曾经就是被人类毁掉的，可是人类现在不是已经知错了吗？不是正在想尽一切办法改善火焰岛的生态环境吗？"

阿雪："是啊！我也认为，就算猫头鹰的力量再强大，离开人类，火焰岛的复兴也无从谈起。"

阿威看着闷闷不乐的阿历克斯，笑眯眯地说："哎，就算长爪国王不给你发，你也已经得到了属于你的金质奖章。"

阿历克斯一下子两眼放光："谁呀？谁给我发的呀？奖章在哪儿呢？是真金的吗？"

阿威："我们给你颁发的！你的金质奖章在这里……"他指了指自己的胸口。大家笑着，都跟着指了指自己的胸口。

阿历克斯凑上前去，挨个仔细查看，却啥也没看到。"到底在哪儿？难道金质奖章是隐形的吗？"他有点觉察到大家好像在跟他开玩笑。

"是啊！是啊！在我们的心里，有一块属于你的隐形奖章！金光闪闪！"阿威大声说着，大家都大笑起来。

阿历克斯觉得阿威说得妙极了："谢谢你们把我当成心目中的大英雄！金光闪闪！我喜欢！嘎！嘎！"

第七章

海獭大量死亡之谜

1

火焰岛国王仁慈的长爪大中午的就被环境大臣兼首席御前大臣任性的清风给叫醒了，他很不高兴，打着哈欠，懒洋洋地问发生了什么事。

"火焰岛东海岸有大量海獭死亡！原因不明！"清风大声报告。

"什么！"长爪一下子直立起来，睡意全无。

海獭是火焰岛猫头鹰王国的吉祥物。每一只猫头鹰宝宝在学会飞翔的那一天，都会由父母领着，去东海岸漂荡的海藻田里，认领一只小海獭宝宝，承诺互相照顾，彼此做一辈子的好朋友。长爪的海獭好朋友，正是海獭家当年的小王子、现在的酋长黑岩。

长爪立即和清风飞到东海岸。夏末的海风暖洋洋的，但与往日不同的是，略带咸味的海风里还飘散着一股若有若无的腥臭味。

耀眼的阳光下，近百只死去的海獭横七竖八地躺在海滩上，在海浪的拍打之下，微微漂动，渐渐腐烂。整个海滩仿佛被诅咒了，充满了死亡的气息，看上去很可怕。

　　白云医生已经在现场了，她正在和一群助手交谈。看到国王来了，她马上迎过来。

　　"死亡原因查清楚了吗？"长爪问。

　　"我们做了初步的尸体解剖，最大的可能是海獭感染了致命的弓形虫。刚死去的海獭全都感染了弓形虫！"白云说。

　　长爪："海獭怎么会感染弓形虫？我们火焰岛周围的海水这么干净！"

　　白云："原因还不清楚。刚才我们抽查了活着的海獭，也有近四成被弓形虫感染。如果不赶紧找到原因，切断感染源，恐怕会有更多海獭丧命。"

　　长爪伤心地望着海滩上的海獭尸体，望着这些曾经调皮、活泼的小动物。

　　"可怜的朋友啊！为什么悲剧总是发生在你们的身上？为什么？"长爪在心里大喊。白云医生仿佛听到了长爪内心痛苦的呼喊，轻轻握住他的爪子，用温暖的眼神望着他，默默地安慰着他。

　　海獭是世界上毛皮最厚的动物，初生的海獭宝宝甚至因此像个皮球一样没法潜水，只能漂浮在海面上。为了猎取海獭珍贵的毛皮，猎人们一度把这种可爱的小型海洋哺乳动物杀得只剩一千多头，濒临灭绝。长爪每次想到这些，就恨恨地把爪子攥得紧紧的。人类立法禁止猎杀海獭之后，海獭的数量才逐渐回升，但也一直徘徊在灭绝的边缘。现在，因为被弓形虫感染，又死了近百只，真是雪上加霜啊。

长爪焦急地问清风："怎么办呢？我们一定要尽全力救救他们！"

清风："我建议请阿雪公主来调查此事，她是专家！"

长爪："好主意！"

2

阿雪邀请阿威探长一起调查火焰岛东海岸大量海獭死亡之谜。阿历克斯听说后也积极自我推荐，他充满自信地说，每次和阿威一起出去破案，他都能起到关键性的作用。

他们一起来到东海岸大海滩，现场实在是惨不忍睹，海獭的尸体经过几个小时的暴晒，散发出浓重的腐烂味道，熏得阿雪他们几乎喘不过气来。

他们沿着海岸仔细查看。在他们的翅膀下，是一片广阔的海藻田。以往海獭们一大早就开始在海藻间玩耍，但是现在，伙伴们无缘无故地大量死亡，把他们吓坏了，他们都惊恐地躲在大岩海岬底下的火焰洞里，整个海面显得异常安静。

只有两只小小的海龟，晃晃悠悠地在海藻间游荡，一会儿把头露出海面，一会儿把小尾巴露出海面。

阿雪飞过去，在两只小海龟的头顶盘旋。呀！两只小海龟的甲壳上长着漂亮的紫荆花纹，是非常非常珍稀的物种呢！

"嗨！小家伙，你们好啊！"阿雪只看一眼就喜欢上了这两只可爱的小海龟，笑眯眯地冲她们打了声招呼。

"我们不是小家伙，我们是6岁的大家伙！"那只紫色花纹的小海龟说。

"我们也不那么好，今天海里不热闹！"那只粉色花纹的小海龟说。

"嘎！嘎！可爱的大家伙，你们叫什么名字？"阿历克斯对这两只小海龟立即着了迷。

粉色小海龟抢着说："她叫慢腾腾，是我姐姐，我比她晚出生5分钟。"

紫色小海龟争着说："她叫腾腾慢，是我妹妹，我比她早出生5分钟。"

腾腾慢："我们是双胞胎！"

慢腾腾："聪明又可爱！"

"聪明又可爱的双胞胎，我们想问你们一些问题。能不能请你们到岸上去？"阿雪问。

"能，能，别看我们慢腾腾，回答问题快如风！"腾腾慢抢着说。

"难，难，等我游到海岸边，太阳宝宝已落山！"慢腾腾争着说。

阿威开玩笑说："我们把你们空运过去怎么样？"

"什么是空运？"腾腾慢问。

"在空气中运动？"慢腾腾问。

阿威："哈哈，差不多吧，就是我们带着你们飞过去啦。"

"我喜欢！"腾腾慢说。

"喜欢我！"慢腾腾说。

于是阿雪抓住慢腾腾，阿威抓住腾腾慢，飞到空中。

"啊！哈！我是飞乌龟！"腾腾慢叫道。

"哈！啊！飞乌龟是我！"慢腾腾叫道。

"嘎！嘎！我是飞鹦鹉！飞鹦鹉是我！"阿历克斯叫道。

腾腾慢："嘿！你本来就会飞！"

慢腾腾："哈！会飞的我最美！"

阿历克斯傻眼了，语言天才遇到对手了。

阿雪和阿威把她们空运到远离死亡海滩的大岩海岬，这是火焰岛东海岸的最高点。陡峭的悬崖下大海吐着白沫，不紧不慢地拍打着黑色的岩石。

3

腾腾慢伸出头去，望着悬崖下面的大海，"哎哟哟，我慢悠悠，一百年也爬不到头。”

慢腾腾也伸出头去，往下看：“哟哟哎，我飞得快，眨眨眼睛飞上来。”

几只海鸟从悬崖缝的鸟巢里飞出来，警惕地看了看这几个不速之客。

阿威连忙高声解释说：“我们是来调查海獭死亡之谜的！”

海鸟们听了，立刻聚拢过来。

“哎呀！听说是被寄生虫感染啦，是什么寄生虫啊，这么厉害？”一只海鸟问。

“我们海鸟家族最近也不正常啊！你们也帮忙调查一下吧！”另一只海鸟说。

阿雪听了，连忙问：“海鸟有什么不正常呢？”

“好多海鸟发疯了，出现幻觉，反应迟钝，大白天的像梦游一样，见到山猫就迷迷糊糊地扑过去，被山猫轻轻松松给吃掉了！”那只海鸟说。

阿雪：“这是典型的感染弓形虫的症状！”

阿历克斯着急地说：“嘎！糟糕！我也喜欢大白天幻想，整天做白日梦，我是不是也感染啦？嘎！”

腾腾慢：“我不喜欢睡觉，睡觉就做梦，我是不是也感染啦？”

慢腾腾：“我不喜欢做梦，做梦就尿床，我是不是也感染啦？”

“我不知道什么弓形虫感染，我只知道最近不正常的动物可不止我们海鸟！”一只老海鸟忧虑地说。

阿雪：“还有什么动物不正常？”

老海鸟：“还有谁，那些偷吃鸟蛋的坏老鼠呗！”

阿雪：“他们怎么不正常了？”

老海鸟：“他们也发疯了！你看他们以前吧，成天到晚小心翼翼，永远都在东躲西藏，一副贼溜溜的模样。但是现在，他们贼胆包天，大摇大摆地在空地上跑来跑去，一点也不想隐藏自己，好像根本不怕被猫发现。最奇怪的是，他们不但不怕猫的味道，甚至喜欢猫的味道，闻着猫的味道就跑去骚扰猫，最后免不了被猫一口吞掉，你说，这不是活得不耐烦了吗？这不是发疯是什么呢？”

阿雪：“这也是感染弓形虫的典型症状！为什么这么多动物忽然感染了弓形虫呢？你们最近的饮食有什么变化吗？”

老海鸟：“没有啊！我们和往年一模一样，吃海鱼海虾啊！每年这个季节，是我们的美食节，因为礁石堆里的贻贝、螃蟹，就数这个时候最多最肥最鲜美！”

阿历克斯大叫起来：“嘎！嘎！我不喜欢猫，我从来不追猫，我没有被感染！”

腾腾慢：“哈！啊！猫咪味道我最烦，臭气熏天真讨厌，我没被感染！”

慢腾腾："啊！哈！猫咪一来我就闪，老鼠追猫是笨蛋，我没被感染！"

4

阿雪："这么多动物是从哪儿感染的弓形虫呢？火焰岛的自然环境很好，海水也很干净。太奇怪了。"

阿威："慢腾腾，腾腾慢，你们整天在大海里游荡，有什么线索吗？"

腾腾慢："答：海洋里发疯的也不少！"

慢腾腾："答：死在海里你们看不到！"

阿雪："海洋里还有谁发疯了？"

腾腾慢："答：很多五星发疯了！"

慢腾腾："答：很多鱿鱼发疯了！"

腾腾慢："答：很多海豚发疯了！"

慢腾腾："答：很多鲨鱼发疯了！"

腾腾慢："答：发疯的海獭数不清！"

慢腾腾："答：发疯的海獭不要命！"

阿雪向空荡荡的海藻田望去："你们觉得，这些动物为啥好端端的就发疯了呢？"

腾腾慢："答：那还用说，吃多了！"

慢腾腾："答：你吃我，我吃他，吃来吃去吃撑了！"

阿雪正要接着询问，一只灰白色猫头鹰飞了过来，老远就扯着嗓子尖声大喊："阿雪！阿雪！"

阿雪定睛一看，是怒焰。他脸上长出了新羽毛，新羽毛老羽毛混在一起，使他的脸蛋像山丘一样起起伏伏，显得疙疙瘩瘩的。

阿雪淡淡地对怒焰点点头。上次怒焰做出对快要灭绝的弯角大羚羊很有研究、很关心的样子，约阿雪去狂野大沙漠做调查，结果在约好的时间他却没去，事后还推说自己生病去不了。后来他病好了，阿雪好几次约他再去狂野大沙漠，他却推三阻四的，阿雪觉得他挺奇怪的，就不再理睬他了。

看见阿雪对他态度冷淡，怒焰忍住心头的不快，假装殷勤地说："尊敬的仁慈的国王说你来调查海獭之死，特意派我来协助你。我已经联系好了黑岩酋长，他正在火焰洞等你。"

阿雪："那我们现在就过去！"

腾腾慢："我也想去，我还想再飞一回！"

慢腾腾："我也想飞，我还想再美一回！"

阿威和阿雪又各自抓着一个小海龟，向悬崖下面不远处海獭家的火焰洞飞去。两只小海龟摊开四肢，在空中平平地伸展开来，又变成了飞乌龟。

5

　　大岩海岬其实是一整块巨大的岩石，这块大岩石里面有很多天然的裂缝和石洞，火焰洞是其中最大的一个石洞。火焰洞洞口隐秘，面朝大海。洞中海水深邃、平静，有很多平整的岩石露出海面，就像天然的床铺，非常适合海獭们在上面玩耍、休息。热情的海岛阳光一年四季由不同的角度从洞顶照射进来，就像一团团金色的火焰在洞中燃烧。火焰洞因此冬暖夏凉，也非常适合海獭们躲避大风暴、人类和其他天敌，成为海獭家族世代隐居的宝地。

　　黑岩酋长一看见阿雪公主来了，立即从火焰洞深处游到洞口来迎接。

　　"情况怎么样？"阿雪一边把慢腾腾轻轻放在洞口的岩石上，一边问黑岩酋长。

　　"很不妙，唉！"黑岩酋长说。"白云医生他们查过了，很多海獭被弓形虫感染。有一些病情特别严重，狂躁不安，像发疯了一样。唉！"

　　"海鸟，老鼠，还有很多其他海洋动物，也都大面积感染了弓形虫。最近你们吃了什么不干净的东西吗？"阿雪问。

　　"没有啊！都跟往常一样的啊！"黑岩酋长说，"真倒霉！"

　　阿历克斯歪着脑袋："我有个好主意！找到弓形虫的老家，把他们全部消灭掉！如此一来他们就不能再祸害其他动物啦！嘎！"

阿威："主意确实好，问题是弓形虫的老家到底在哪儿呢？弓形虫最开始是从哪儿生出来的呢？"

阿雪："弓形虫原本寄生在猫科动物体内，产下的卵囊随着猫粪排到体外。所有的温血动物，包括黑岩酋长这样的哺乳动物以及咱们鸟类，都能被弓形虫感染，污染源基本上都是猫科动物的粪便。"

阿历克斯："嘎！大家是怎么被感染的？难道有谁会去吃猫咪的粪便？臭死了！发抖！嘎！"

阿雪："不是直接吃猫咪的粪便才会感染呀。如果人类随意丢弃猫粪，土壤就会受到弓形虫卵囊的污染，弓形虫卵能在土壤中存活一年以上。接着，水源也不可避免地会被弓形虫卵囊污染。动物接触了被污染的土壤，或者喝了被污染的水，就会把弓形虫卵囊吃进身体里，成为给弓形虫提供吃喝住宿的宿主。"

黑岩酋长："可是我们跟猫咪隔得远着呢！我们从来不和猫咪接触啊！以前也没听说过这种寄生虫在大海里传播啊！"

阿雪："有些养猫的人习惯把猫粪倒进马桶冲走，里面的弓形虫卵囊就进入了下水道，最终会随着生活污水排到河流、海洋。贻贝、螃蟹这些通过过滤海水进食的动物，就有可能把弓形虫吃进体内，弓形虫会在它们的体内累积起来。其他大型海洋动物吃了这些被感染的贻贝、螃蟹，就会被弓形虫感染。”

阿威：“但这样零零星星被冲进大海的弓形虫卵囊数量毕竟有限，很快就被大海稀释了，即使海獭被感染，也应该只是零星几个。现在出现大面积感染，一定有什么特殊的原因。”

阿雪：“是的，这次事件绝不是偶然的。”

黑岩酋长忧心忡忡：“我很想知道，我们海獭如果被感染了，那可恶的寄生虫，是怎么在海獭体内捣乱的？有没有办法把它们彻底清除掉？”

阿雪：“弓形虫卵囊释放出的孢子，进入宿主的细胞中发育成虫体，这些虫体能通过无性分裂的方式快速繁殖。它们用不着雌雄交配，所有虫子都能自己一分为二，再二分为四，这时它被叫作‘速殖子’。在繁殖一段时间以后，虫体转入宿主的神经和肌肉组织中，变为‘慢殖子’，形成包囊。你们哺乳动物和我们鸟类体内的免疫系统都没法消灭‘慢殖子’，所以一旦被弓形虫感染，往往就只能终身携带它了。”

黑岩酋长闭上眼睛：“啊！太糟糕了！真倒霉！”

阿历克斯：“嘎！鸡生蛋还是蛋生鸡？倒霉的猫咪又是从哪里感染了倒霉的弓形虫呢？嘎！”

阿雪：“这个问题问得好。说起来，这真是一个循环。老鼠、鸟或其他小动物寄生了弓形虫之后，猫如果捕食了这些小动物，就有可能被弓形虫感染，猫粪中就会有弓形虫。刚才说了，弓形虫在其他动物体内只能进行无性繁殖，大部分时间是潜伏着的，最终还是要进入猫科动物的体内——因为只有在猫科动物体内，弓形虫才能雌雄交配，进行有性繁殖，产下卵囊。所以，其他动物都只是弓形虫的'中间宿主'，而猫科动物才是'最终宿主'。"

阿威："奇怪，被感染的动物又为什么会发疯呢？难道大脑被弓形虫控制了？"

阿雪："你猜得没错！中间宿主必须被最终宿主吃掉，弓形虫才能完成它的循环。弓形虫感染中间宿主的一个重要部位是大脑，所以弓形虫可以操纵中间宿主的行为。如果某种弓形虫经过变异，能够让中间宿主的行为出现反常，让它们更容易被最终宿主吃掉，那么这些弓形虫就有很大的生存优势，就能够留下更多的后代。因此，经过一代又一代的进化，最后剩下的弓形虫可能全都是这种能操纵中间宿主的'智能'弓形虫。"

阿历克斯："怪不得被感染的海獭、海鸟和老鼠都跟发疯了一样，老鼠还追着猫咪跑，原来他们的大脑被弓形虫控制啦！太可怕！发抖！嘎！"

黑岩酋长绝望地说："我们有那么多海獭被感染了，是不是都得死啊？"

阿雪连忙说："那倒不一定！携带者不一定会发作。最悲惨的还要数人类，全世界大约有三分之一的人感染了弓形虫。人类的手如果接触到环境中的弓形虫卵囊，没有把手洗干净就拿东西吃，弓形虫卵囊就进入了人体。或者，要是已经感染了弓形虫的肉类没被煮熟就被人类吃下肚，人类也能感染上弓形虫。在喜欢吃半生不熟甚至吃生肉的地方，比如法国，10个人里面就有9个感染了弓形虫。"

阿历克斯脸更绿了："糟糕！我经常不洗爪子就拿东西吃！我还每天都生吃小虫子的肉肉！"

黑岩酋长焦虑地问："那终身携带弓形虫，对海獭会有什么影响呢？"

阿雪："你们和人类一样，虽然也是弓形虫的中间宿主，但是猫吃不了你们，弓形虫进入你们的身体就像进了死胡同。但是弓形虫可分不清它们寄宿的是海獭的身体还是老鼠的身体，他们本能地用同样的方式悄悄影响着海獭的行为。因此，感染了弓形虫的海獭更容易出现幻觉，更爱冒险，反应更迟钝，在面对天敌、大风暴和其他险境的时候，出意外的风险也更高！"

阿威："当务之急是赶紧找到污染源，感染海洋动物的弓形虫到底藏在哪里呢？"

黑岩酋长："听阿雪公主一讲解，我倒是有个怀疑的目标！"

腾腾慢抢着说："是贻贝！谁吃谁发疯！"

慢腾腾争着说："是螃蟹！谁吃谁做白日梦！"

黑岩酋长："正是！这个月是我们的美食节，贻贝和螃蟹肥大鲜美，今年尤其大丰收，礁石堆里到处都是。我怀疑他们体内有大量弓形虫卵囊！"

阿威："老海鸟也说这个季节是他们尽情品尝贻贝和螃蟹的美食节，看来我们得去看望一下贻贝和螃蟹！"

阿雪马上表示同意。

"嘎！我不爱吃贻贝和螃蟹！我肯定没有感染弓形虫！"阿历克斯叫道。

腾腾慢："你不要太激动！"

慢腾腾："除非你脑子里有弓形虫！"

阿历克斯马上闭上嘴，再也不乱说乱动了。他可不想脑子里有弓形虫，嘎，恶心死了，发抖！嘎！

6

东海岸最东边的礁石堆里，的确爬满了螃蟹和贻贝。以往人类也经常在这一带采集海鲜，还把海獭当成竞争对手，见到海獭，就用特制的长矛连刺带挑，海獭如果被打伤，就可能翻入大海淹死。后来，由于海獭的数量急剧减少，人类把海獭列入禁止猎杀的名单，那些渔民才把这片天然海鲜养殖基地交还给海獭家族。

阿雪和阿威降落在一块滑溜溜的礁石上，小心翼翼地把慢腾腾和腾腾慢放在一个石窝窝里。这个石窝是一个小小的潮汐池，底部还有一点点潮退时留下的海水，几条小鱼在里面急急忙忙地游来游去。两只小海龟很高兴又飞了一次，她们在石窝窝里挤来挤去，挤上去又滑下来，弄得浑身湿漉漉的，乐此不疲。阿历克斯默不作声地落在阿威旁边。怒焰也厚着脸皮跟了过来，落在阿雪旁边："嘿嘿，嘿嘿，国王派我来协助你。"

这块平整的礁石三面直立，朝向大海的一面是个长长的斜坡。斜坡下面有一个更大的潮汐池，几株粉红色的水母正在池子里摇摆触角，还有几只小螃蟹忙碌地爬上爬下。

"嗨！小海燕！过来！过来！"慢腾腾趴在斜坡上面，对着下面的潮汐池大喊。

腾腾慢也凑过来："小海燕！来！抱抱！"她身体前倾得太厉害了，轱辘轱辘顺着斜坡滚下去，掉到下面的潮汐池里，水花飞溅，她兴奋地大叫："哟嗬！扑通！"

慢腾腾也轱辘轱辘滚了下去，"扑通！扑通！"她也兴奋地大叫。

一只黑螃蟹妹妹从潮汐池边上的石头缝里露出头来："太阳真好，哈哈！嘻嘻！啊！"

腾腾慢："小海燕你好啊！太阳真好，好久不见！"

慢腾腾："你好啊小海燕！好久不见，笑容满面！"

黑螃蟹妹妹小海燕情绪激昂地说："嘻！我忙着在大海里旅游呢。嘻！哈！"

阿雪展开翅膀，灰白色的羽毛光洁润泽。她无声地飞下来："小海燕，问你个事好吗？"

小海燕白了阿雪一眼，快速往石缝里缩了缩：“咦！我又不认识你，我不跟陌生的动物说话！哼！”说完，她麻利地缩回石缝里。

腾腾慢：“嗨，嗨，她是我们的新朋友！”

慢腾腾：“嗨，嗨，事情很严重你别溜！”

小海燕又探出头来：“嘻！发生什么事啦？哈哈！”

腾腾慢：“弓形虫入侵大海，你知道不知道？”

慢腾腾：“好多动物发了疯，你知道不知道？”

小海燕：“弓形虫是个啥我不知道，动物发疯我当然知道！嘿嘿，谁让他们吃我们！哈哈！哈！”

阿雪：“为什么他们吃了你们就会发疯呢？”

小海燕把身体稍微往外伸了伸，仔细打量阿雪一眼，又看看阿威和怒焰，问阿雪：“你不会吃我吧？嘻嘻！嘻！”

阿雪笑着说：“不会的，我从来都不吃螃蟹。”

小海燕放心了，挥动一下大钳子：“我们螃蟹进化了！嗨！谁敢吃我们谁就会发疯！哈！哈！”

阿雪：“进化可是一个漫长的过程哟，要花很长很长时间，要经历好多好多代呢。你们是怎么进化的呢？进化得怎么这么快呢？”

小海燕：“哈！我们只进化了短短几个月！能进化得这么快，哈！当然要付出代价啦！嘻！我们吃了难吃的神药！哈哈!哈！”

阿雪立即问："什么神药？从哪儿来的？"

小海燕："啊！这几个月的洋流，不断地给我们带来一股金黄色的神药，嘿！味道虽然不太好，哈！可是营养超级丰富，嘻！还能让我们带上毒素！哈！哈！现在狡猾一些的海鸟都不敢吃我们了！嘿！吃了就发疯！哈！哈！"

阿雪："这金黄色的神药，是从哪儿流过来的呢？"

小海燕："啊！洋流可以告诉你！哈！当然是从那边啦！哈哈！"她指指东边绿野码头的方向，然后就钻进石缝里再也不肯出来了。

腾腾慢："小海燕今天有些不一样！"

慢腾腾："小海燕今天喜洋洋！"

阿雪若有所思。阿威轻轻点头。

腾腾慢："小海燕今天太激动！"

慢腾腾："小海燕脑子里有弓形虫！"

阿历克斯默不作声。

怒焰面无表情。

腾腾慢看着一块黑色礁石，忽然叫起来："小耳朵，小心弓形虫，饭前要洗手！"

慢腾腾也看着那块黑色礁石，大叫起来："小耳朵，小心弓形虫，食物要煮熟！"

听到两只小海龟的喊叫，一个黝黑精瘦的人类小男孩从那块礁石旁边"噌"地站起来，咧开嘴对两只小海龟笑了一下，转身飞快地跑掉了。

腾腾慢："小耳朵为啥难为情？"

慢腾腾："小耳朵害怕猫头鹰！"

7

像阿威和阿雪这样的绿野森林老住户，对繁华的绿野码头一向敬而远之。绿野环山公路四通八达，它的最南端就一直通到绿野码头。多年以来，绿野森林里的各种宝藏源源不断地通过绿野码头运往世界各地，绿野码头也由一个小小的渔村，变成了一个闻名世界的现代化大城市。

绿野市是有名的卫生城市，号称"大森林里的大都市"，绿野码头怎么会有"金黄色的神药"排入大海呢？

阿雪："走！咱们去绿野码头看看。"

慢腾腾和腾腾慢又嚷着要一起去。

怒焰却后退一步说："我有些急事要处理一下，你们先走一步。"

阿雪和阿威也不勉强怒焰，二话不说，抓起两只小海龟向绿野码头飞去。

阿历克斯闭着嘴巴紧跟在后面。

阿威："阿历克斯，你怎么啦？怎么不说话啦？"

阿历克斯瞪大眼睛，一声不吭。

阿雪笑着说：“你是害怕自己被弓形虫感染了？哈哈，激动、发疯是感染的结果，不是原因！”

阿历克斯翻翻眼珠，还是不说话。

腾腾慢张开四肢做出飞起来的样子：“漂亮的鸟儿成了哑巴，叽！叽！”

慢腾腾连脖子和尾巴都伸得展展的：“聪明的鸟儿心里害怕，怕！怕！”

阿历克斯听了，知道两只小海龟是为了逗他开心，想安慰他，却也只是笑了笑，不说话，嘎都不嘎一声。

阿雪看了阿历克斯一眼，有点担心阿历克斯心理负担过重，从此失去说话的能力。

阿威也产生了同样的担忧，于是开玩笑说：“阿历克斯，你不会从此以后都哑巴了吧？”

阿历克斯仍然低着头，只顾着飞行，默默不语。

8

很快，大家来到了热闹的绿野码头。很多大货轮停靠在岸边，天蓝蓝的，幽深的海水清亮亮的。

“阿历克斯！阿历克斯！”从一条大船上传来一阵欢快的喊叫声。

阿历克斯一看，立即飞过去，一声不响地停在这条大船的桅杆上，落在一只蓝绿鹦鹉姑娘旁边。鹦鹉姑娘很兴奋：“你最近怎么没来看我！我好想你啊！”她羞红了脸："咱们的小宝宝长大了，你就不回来看我了吗？"阿历克斯深情地看着鹦鹉姑娘，不说话。

"你怎么不说话？你怎么啦？"鹦鹉姑娘担心起来。

阿雪开玩笑："我们今天调查弓形虫感染海獭的案子，他好像受到惊吓了。是不是，阿历克斯？"阿历克斯低着头，不看阿雪。

鹦鹉姑娘："我叫艾玛，是阿历克斯的新婚妻子。你们一定就是阿雪和阿威吧，他常常说起你们。"

这时候，慢腾腾在阿雪的爪子里挣扎："我也要落在桅杆上，我是全世界第一只爬上桅杆的海龟！"阿雪把她放到桅杆上，慢腾腾紧紧贴着桅杆，保持着平衡，虽然心里很害怕，却兴奋到了极点。

"我是全世界第二只爬上桅杆的海龟！"被阿威放到桅杆上的腾腾慢也欢呼起来。

艾玛看着两只贴在桅杆上的小海龟，忍不住笑起来。紧接着她锁起眉头，紧张地问阿雪："阿历克斯为什么会受到惊吓，他难道有可能被弓形虫感染吗？"还没等阿雪回答，她又对阿历克斯喊道："我的亚当哥哥在爪爪岛得了怪病快要死了，阿历克斯，你可不能也死掉啊！你千万千万别死啊！"

阿历克斯也快哭了，呆呆看着艾玛。看起来两只鹦鹉一只比一只怕死。

阿雪抿嘴笑了，看着阿历克斯，大声说："我认为阿历克斯很健康！没有感染弓形虫！"

阿历克斯还是紧闭着嘴巴。

阿雪："对了，艾玛，你整天都在码头上待着吗？"

艾玛："只要我们的船只不出海，我和主人都住在船上。但是主人不许我乱跑，怕我出意外，所以我只能高高地站在桅杆上，盼着阿历克斯来看我。"

阿历克斯流露出愧疚的表情，含情脉脉地望着艾玛，但还是一声不吭。

阿雪："这次你们的船停在这里多久了？"

艾玛："两周多了。主人说，再过四天我们就又要出海了！阿历克斯，你要是再不来，我就要想办法无论如何明天去找你一趟呢！"

阿历克斯默默地抱住艾玛。

阿雪："这两周，你有没有注意到有污水排进大海里？"

艾玛："没有啊！我站得很高，视野开阔，要是有污水排入大海，我一定能看得一清二楚。"

阿雪和阿威同时失望地叹了口气。

艾玛："不过，有很多个晚上，我都闻到特别难闻的味道。刚开始主人还抱怨说，不知道又是谁家的有毒货物泄露了，环保局应该狠狠处罚他们。后来次数多了，主人就捂着鼻子怒骂，说简直就像是有人在故意排毒呢。"

阿威问阿历克斯："阿海队长订阅的《环保每日通报》里，最近有没有提到乱排污水或泄漏有毒物质被处罚的消息？"

阿历克斯睁大眼睛，摇摇头。

阿威："看来这个违法排污的行为还没有暴露。这意味着，不管是谁干的，他都有可能继续偷偷往大海里排放污染物！"

阿雪："从今晚开始，我们每晚都来码头蹲守，不信抓不住他！"

阿威点点头。阿历克斯直愣着眼睛，也点点头。艾玛见了，微微笑不停。

腾腾慢抬起头："我们俩也要来蹲守！"

慢腾腾抬起头："不抓住坏蛋不罢手！"

9

夏末的夜晚，凉风习习。绿野码头的灯一盏一盏地熄灭了，繁忙的码头渐渐沉入梦乡。

阿雪和阿威静静伫立在高高的桅杆上，锐利的大眼睛扫视着整个码头。他们已经在绿野码头彻夜蹲守三个晚上了。

怒焰在第二个晚上过来和他们守了一会，找个借口早早溜了。第三个晚上他没出现。今晚他又来了一趟，说有急事要处理，打声招呼又溜了。阿威很奇怪怒焰既然受国王之命来协助阿雪，为何又三心二意的，偷偷摸摸地不知道在忙些什么。阿雪本来也不指望怒焰能帮什么忙，觉得他在跟前晃来晃去反而挺碍事的，所以对他是去是留倒不是很在意，甚至希望他最好别再出现了。

明天艾玛主人的船就要开走了。艾玛依偎着阿历克斯，悄声细语，阿历克斯只是抱着她，一句话都不说。

两只小海龟也趴在大桅杆上，数星星，数也数不清，一个小时才数了五颗星星。

到了后半夜，四下里安静极了。银色的月光就像给绿野码头铺上了满地清霜，微微的凉意使两只小海龟缩成一团，她俩不知不觉睡着了。

忽然，一股恶臭从西边飘过来。两只小海龟在睡梦里不高兴地哼哼唧唧起来。

阿威和阿雪警觉地竖起耳朵，两只猫头鹰同时振翅，悄无声息地向着臭味飘来的方向飞去。

阿历克斯看着艾玛，指了指两只小海龟。艾玛小声说："放心吧！我来照顾她们。"阿历克斯便追随着阿威飞走了。

阿历克斯扑棱翅膀的声音有点大，再说空气中的恶臭也越来越浓烈，两只小海龟一下子都被惊醒了。她们看看四周，发现阿雪、阿威和阿历克斯都飞走了，周围的空气臭得让她俩实在受不了。她们向艾玛伸伸脖子摆摆头。

腾腾慢："一起跳！"

慢腾腾："回家睡觉觉！"

说完，两只小海龟都松开小爪子，从桅杆上掉下去，落向大海。

腾腾慢："我是世界上跳得最高的海龟！"

慢腾腾："我是世界上跳得最远的海龟！"

扑通！扑通！

这时候，阿雪和阿威在夜色中已经如同两道迅捷的灰影，飞到恶臭气味的发源地。只见一根粗粗的排污管，正滚滚地流淌出黄色污水。排污管上写着几个字母"LYWSCL"。

阿威和阿雪一起吃惊地叫起来："绿野污水处理公司！"

阿雪："污水公司竟然把没有经过处理的脏水直接排入大海！"

阿威回头问刚刚跟过来的阿历克斯："前几个月你不是说，绿野污水处理公司的设备坏了，污水没有处理好，被绿野环保局狠狠处罚了吗？"

阿历克斯用力点点头。

阿威："看来他们并没有更换设备，为了省钱，仍然在偷排污水。你回去要报告阿海队长！"

阿历克斯着急地看着阿威，也不点头，也不摇头，张着嘴，说不出一句话来。

阿威：“好吧，好吧，你用电脑报告，总可以吧？”

阿历克斯的神色这才稍微放松了一些，勉强点点头。嘎，没有口头报告的辅助，不知道单靠电脑报告行不行。

10

阿雪连夜去火焰洞，向黑岩酋长通报了最新的调查结果。“螃蟹和贻贝都被污染了，海獭近期最好不要再食用这些小动物了！”

“可是不吃这些小动物，我们又能吃什么呢？总不能只吃海藻吧？难道要活活饿死吗？”黑岩酋长都快哭了。

“绝不当饿死鬼！”一只激愤的小海獭跳出水面，抓住阿雪，疯子一样地把阿雪拖进深不见底的海水里。

“住手！”黑岩酋长大叫。但酋长的阻止无济于事，小海獭似乎铁了心要和阿雪同归于尽，拖着阿雪瞬间消失在黑漆漆的海底，黑岩酋长一个猛子扎下去，连小海獭的影子都没看见。

黑岩酋长浮出海面，大口喘着气：“怎么办？怎么办！我怎么跟长爪国王交代！”

阿威急得在海面乱飞，但什么也看不见，什么都做不了。

在这危急的时刻，阿历克斯忽然开口了：“慢腾腾！腾腾慢！你们在哪儿？快来救阿雪！救阿雪！救——阿——一雪！”他的声音那么响亮，传遍了整个东海岸。

在阿雪被拖进海底的地方，海面忽然开始晃荡。海水翻滚着，水纹越来越大，隐隐听到水里传来沉闷的响声。

"哗！"一只老海龟举着湿淋淋的阿雪，钻出水面。

阿威迅速飞过去，接过阿雪，把她放在岸边。

阿雪长长呼了一口气："我没事！"老乌龟闻言，没入海面。

腾腾慢："威廉爷爷你真棒！"

慢腾腾："哑巴鸟儿叫得响！"

阿历克斯在火焰洞飞上飞下："嘎！嘎！我又会说话啦！我要去报告阿海队长！口头紧急报告！立即抓住污水厂的大坏蛋！"他飞出洞口，一眨眼就不见踪影了。

黑岩酋长流着眼泪："谢天谢地！阿雪公主！"

阿威："刚才那只小海獭发疯了！"

黑岩酋长伤心地说："他是怒焰认领的海獭朋友，这一阵子他都有些疯疯癫癫的，这几天的举止尤其古怪，今天竟然就发疯了！怒焰一定会很难过，唉！"

这时，那只小海獭的身体慢慢地从海里浮了上来，黝黑的脊背亮闪闪的。黑岩酋长赶紧游过去查看。这只实行自杀式袭击的小海獭已经被海水淹死了。

阿威看看阿雪，阿雪也瞪大了眼睛看着他，两只猫头鹰都没有说话。

11

长爪国王隆重表彰了阿雪公主，给她颁发了一枚金羽大奖章，这是火焰岛国王所颁发的最高荣誉奖章。长爪同时给怒焰颁发了一枚金质奖章，给阿威一枚银质奖章。

火焰岛猫头鹰王国的历史书里，又给人类记录了一笔新的血账。长爪也把这笔账恨恨地刻在了自己的心上。

海獭家族没有再出现新的死亡事件，红色警报解除了。其他海洋动物也渐渐稳定下来，海洋里又开始热闹起来。

这天，慢腾腾和腾腾慢又碰到了小海燕。

小海燕一见面就抱怨说："真倒霉！神药再也不见了！"

腾腾慢："神药其实是污水！"

慢腾腾："神药臭死小海龟！"

小海燕："啊！那为啥那个猫头鹰，还要叫他的海獭连续三天来狂吃我们呢？幸好我反应快！躲过了那馋嘴海獭的小爪子！"

腾腾慢："哪个猫头鹰？"

慢腾腾："冷酷又无情！"

小海燕愤愤不平地说："就是上次跟你们的猫头鹰朋友一起来的那个啊！你们的朋友还说她从来不吃我们呢！他们猫头鹰确实从来不吃，可是你们的朋友刚说完这话，那个坏家伙就带着他的宠物海獭来吃我们！这和他们亲自来吃有什么两样？哼！"

　　腾腾慢："难道你说的是他？"

　　慢腾腾："他的脸坑坑洼洼！"

　　小海燕："嗯！嗯！我说的就是他！"

第八章

爪爪岛怪病

1

阿雪在海獭死亡事件调查中的出色表现，使火焰岛国王长爪更加坚定了让阿雪做继承者的决心。

怒焰在这次事件中的表现，同样令长爪十分满意。怒焰每天两次来向长爪汇报调查进展情况。长爪看到，怒焰对海獭家的不幸遭遇忧心如焚，对调查方向高瞻远瞩，对案件疑点明察秋毫，在整个调查过程中，废寝忘食，不辞辛苦，没有他，阿雪可能都没法这么快就破案。

相比之下，那个阿威就逊色多了。表现平平倒也罢了，眼看着身边的阿雪被发疯的海獭拖下水，竟然就不能快速反应、赶紧把阿雪再拖回来，简直太迟钝，太没用！要是阿雪真有个三长两短……长爪简直不敢往下想。现在，阿雪就像他的亲生女儿一样贵如珍宝。

"那个阿威真是太让我失望了！他哪里配做阿雪的朋友！"长爪心想。

说实话，长爪颁给阿威一个银质奖章，是很勉强的。长爪认为，那个阿威完全是沾着阿雪和怒焰的光，才有幸得到了这块银质奖章。然而让长爪不快的是，那个阿威对国王的慷慨恩赐似乎并没有感激涕零、欣喜若狂。"毕竟是个平民小子，哪懂什么是礼仪和荣誉。"长爪劝自己不要跟平民猫头鹰一般见识。

有一个想法在长爪心头已经萦绕多时，这是他"复兴火焰王族"计划中很关键的一部分。长爪清楚地看到，怒焰虽然不是一块做国王的好材料，但他可以成为阿雪的好助手。阿雪的智慧、善良和宽容将融化怒焰内心的残暴。海獭死亡事件调查不就是证明吗？看怒焰对海獭的爱有多么深沉！最重要的是，怒焰是古老的猫头鹰火焰王族最正统血液的唯一雄性后代，他可以帮助阿雪生下一窝高贵、勇敢、聪明的小王子、小公主，让流传了五千年的火焰王族血脉继续保持纯净、强大。

长爪为这个想法兴奋不已。他几次向长眉暗示，但长眉都糊里糊涂的，有意无意地把话题岔到别的事情上去。长爪悲哀地想到，亲爱的哥哥已经太老迈了，头脑已经不灵活了，这种事情，只能靠他自己来筹划，也许以后阿雪也能帮忙。但长爪吃不准阿雪到底是什么想法，她似乎对这种话题非常不感兴趣。

长爪决定对长眉和阿雪明确说出自己的想法，不能再等了。他太需要阿雪了，因为火焰岛猫头鹰王国和人类的总决战马上就要打响了。

2

"猫头鹰联合国总理坚忍的铁爪昨天傍晚在红禁城椭圆形办公室特别约见了著名的猫头鹰侦探所探长，长毛灰影快如闪电的阿威。铁爪深切担忧爪爪岛的流行怪病，他希望阿威能够破解怪病之谜，使爪爪岛居民尽快恢复健康和快乐的生活。"阿雪给长眉念完这条《猫头鹰联合早报》的消息，嘴角微微翘了起来，"看来我又要出趟远门啦。我也很奇怪爪爪岛的怪病究竟是怎么来的？真的会传染吗？能传染给猫头鹰吗？"

长眉点点头："嗯，现在这个怪病给人类世界和猫头鹰世界都造成了极大的恐慌，最好能尽快查清病因！"

父女俩正说着，门外传来一阵说话声，最咋呼的声音当然是属于阿历克斯的："嘎！嘎！阿雪！阿雪！快收拾！去爪爪岛！"

"来啦！"阿雪笑着高声答应，"10分钟以后出发！"长眉乐呵呵地上前去，迎进阿威、猴面、肉球和阿历克斯。大家立刻和长眉热烈讨论起爪爪岛怪病来，每只鸟儿的看法都各不相同。阿雪开始忙着收拾东西。

屋里正吵翻了天，门外又传来隐隐约约的说话声。长眉又上前去一看，是长爪和惊涛。惊涛跟长眉打声招呼，留在外面为长爪站岗放哨。

"嗬！家里还挺热闹的嘛！"长爪笑着说。长眉觉得长爪的笑有些不自然，甚至还带着一丝不易觉察的愠怒。长眉当然知道，长爪讨厌"叛徒"阿历克斯，看不起"平民小子"阿威，对肉球和猴面也不感冒。其实归根结底，是长爪太在乎阿雪了，盼望她结交的朋友能够配得上她。

"他们马上就要出发去调查爪爪岛怪病啦。"长眉亲切地抱了抱弟弟。

"哦，"长爪有些失望地说，"我还想着这会儿你们都在家，我们三个可以好好聊聊家常呢。"他格外地强调了"三个"这个词，长眉当然感觉到了，他呵呵笑了笑，小声开玩笑："仁慈的长爪变成了挑剔的长爪。"长爪也笑了。

阿雪已经准备好了，她抱了抱长爪叔父，就转身冲着伙伴们大喊："出发喽！"呼啦啦，五个伙伴转眼间都飞走了，只留下长爪和长眉，屋子里一下子安静下来。

"你今天有事要谈吧？"长眉慢悠悠地说。

"是啊，"长爪说，"是火焰岛继承者的事。"

长眉微笑着，不说话。

长爪："你到底是怎么想的啊！这么久了，你今天要给我一个准话啊。"

长眉又呵呵笑了笑："这个嘛，是阿雪自己的事。既然她现在已经知道了自己的身世，就由她自己决定，我完全尊重女儿的想法，我相信她的判断力。"

长爪笑眯眯地说："她有什么想法？你先给我透露一下呗？"

长眉："我们从来没有专门聊过这个话题，我只知道她的想法可能跟你不太合拍，呵呵。"

长爪："啊！你可真能沉得住气啊！我看你首先就不

同意！上次我刚提了一句'艰巨而伟大的任务'，你就直摇头，不让我说下去。"

长眉呵呵："我的看法不重要。你现在可以去跟她谈谈。她长大了，可有主意了，很会自己做决定。"

长爪想了想："好吧。我会尽快和她谈。驱逐火焰岛人类的战争已经提上了议事日程，我需要阿雪的协助。万一我有个三长两短，复兴火焰岛的重任就必须要由她去承担了。"

长眉长叹一声："你终究是听不进我的意见。这一点阿雪倒是和我聊过，我们的意见是一致的，驱逐人类毫无意义，没有人类的合作，火焰岛的复兴几乎不可能。"

长爪："我也不想再和你争论这个问题了。我是一个国王，我不能忘记过去，忘记过去意味着背叛。人类来到火焰岛才200年，就彻底毁掉了我们富饶的火焰岛，把火焰岛变成了一个死气沉沉的荒岛。只有人类彻底离开火焰岛，火焰岛才有可能恢复往日的繁荣。阿雪即使现在不理解，总有一天，当责任落到她的肩膀上，她一定会明白的。我相信她。"

长眉无言以对。他深爱这个弟弟，也很能理解弟弟对火焰岛的一片赤诚。为了火焰岛的复兴，弟弟可以付出自己的生命。

长爪见长眉不说话，就转移了话题："你觉得怒焰这孩子怎么样？"

长眉一下子收起温和的笑容，淡淡地说："比较有心计吧？心思还挺深的。"

长爪高兴起来："你是说聪明吧？他是挺聪明的，这次海獭死亡的调查，他出了不少力呢！"

长眉："哦？是吗？呵，呵。"这声"呵呵"听起来那么生硬，就像"哼！哼！"

长爪："我想让阿雪和怒焰两个孩子结婚，你觉得怎么样？"

长眉"腾"地立起来，举起双翅，冷冷地说："不可能！"

长爪开玩笑："你不是说你的看法不重要吗？"

长眉大怒："我怎么可能让女儿嫁给想害死她的东西！"

长爪也沉下脸："哥哥！你这么说不公平！没有证据不能乱说！你不能因为长尾无情无义，就否定一切亲情！他毕竟是我们火焰家族正统血液的唯一雄性后代！"

长眉对长爪一贯的"血统论"也特别反感。就像长爪反感长眉的"生而平等"论，兄弟俩谁也说服不了谁。

话不投机，长眉不想多说，振翅送客。兄弟俩不欢而散。

3

爪爪岛是有名的鱼米之乡。它位于绿野码头的东南方向，与绿野大陆地中间隔着碧蓝的爪爪海峡。从空中看，爪爪岛就像一对鹦鹉爪子，每只爪子都两根趾头朝前、两根趾头朝后，爪爪岛也由此而得名。

从去年冬天开始，爪爪岛忽然流行起一种怪病，一些岛民开始手脚麻木甚至瘫痪，有的下肢出现水肿，严重的甚至心力衰竭而死。这些岛民家里养的鸡啊，鸟啊，甚至狗狗，有的也生了这种怪病，变得双脚无力，瘫倒在地上。人类左找右找都找不到病因，于是流言四起，食物中毒说啦，缺乏营养说啦，病毒感染说啦，神秘细菌说啦，甚至连外星人入侵说，都有很多人相信。一时间，人心惶惶。

猫头鹰世界也很紧张，虽然还没有猫头鹰染病的案例发生，但一些鹦鹉、孔雀的的确确生病了。猫头鹰们不想冒险，纷纷逃离爪爪岛，并将流言散布到了猫头鹰联合国的四面八方，引起无数猫头鹰的恐慌和骚乱，铁爪总理这才不得不征调了最精明能干的探长阿威来彻查此事，希望能给大伙一个明明白白的说法。

夏末秋初的爪爪岛一派繁忙景象。在这里，每一块平整的土地都被人类种上了稻子。

阿威他们掠过一块块已经收割完毕的稻田。到处可见劳作的人们，忙着为沉甸甸的稻穗脱粒。碾米机隆隆作响，把一粒粒饱满的糙米打磨成好吃的精米。空气中充满了稻米的清甜味道。

　　阿威望着翅膀下繁荣的爪爪岛，征求大伙儿的意见："调查从哪儿入手呢？"

　　"嘎！先去艾玛的娘家看看吧。我们在绿野码头蹲守的时候，艾玛告诉我，她的哥哥亚当前些日子在军营里生了怪病，站都站不起来，他的军官主人自己也生病了，根本顾不上照顾他。艾玛的老寿星爸爸不想让亚当孤零零地死在外面，就把他接回家了，很多鸟儿担心他们一家子都会被亚当传染，所以就自动和他们一家子隔离了。老寿星专门带话给艾玛，让她千万千万不要回家探望。现在情况也不知道怎么样了，唉嘎！"阿历克斯很少有这样情绪低落的时候。

　　阿威用翅膀尖轻轻碰碰阿历克斯的翅膀尖："你带路，我们这就去看看亚当的情况！"

4

　　艾玛的娘家是一家名叫佳佳的宠物店，主要卖小鸟，尤其是鹦鹉。爪爪岛的气候很适宜鹦鹉生长，全岛到处都是鹦鹉，鹦鹉甚至在某种程度上成了爪爪岛的象征。佳佳宠物店的鹦鹉更是声名远播，又漂亮，又健壮，舌头灵活极了。绿野大陆地的人们但凡要买良种鹦鹉，十有八九会到佳佳宠物店来。

　　阿历克斯经常会被误以为是在佳佳宠物店出生的。事实上，他是野生的，老家在星宿大沼泽地。不过，和大多数爪爪岛的鹦鹉一样，阿历克斯的祖籍是火焰岛。当阿历克斯还是个小小宝宝的时候，他们一家五口幸福地生活在星宿大沼泽地。在一个悲惨的早晨，他的父母亲在家门口被猎人打死，猎人拔光他们漂亮的羽毛，把他们的尸体顺手扔在草地上。父母的鲜血染红了门前的草地，阿历克斯永远也忘不了那个可怕的场景。他和两个妹妹哭啊哭，直到再也哭不动了。两个妹妹先后饿死，两具小尸体伏在他们曾经温暖的残窝里。他饿得头晕眼花，眼看就要饿死的时候，阿海意外地发现了他，收养了他。这是一个很长很伤心的故事，也许以后可以让阿历克斯亲自给我们讲一讲。

佳佳宠物店位于爪爪岛后山森林旁边一个干干净净的小镇子里。宠物店是个上百年的老宅子，修建在一面小山坡上，屋前屋后全都长满了古树，门前还有一挂小小的瀑布昼夜奔流不息，周围的景色可好看了。

阿威他们一飞进佳佳宠物店的后院，就听到一阵阵欢歌笑语，鸟儿们正在聚会呢。

各种热闹的把戏让阿威他们一时间有些眼花缭乱。就在阿历克斯一愣神的工夫，一只华丽的蓝绿鹦鹉冲过来抱住他："阿历克斯，好兄弟！多久没见到你啦！你竟然特意跑来参加老爸的生日聚会啦！欢迎咕嘎！"

阿历克斯吃了一惊："亚当！怎么会是你？你不是快死了吗？嘎！嘎！"他激动地把亚当抱了起来。

亚当："咕嘎！我命大啊，一回到家，病就自己好了！走！去老爸的小屋跟他打声招呼，然后出来跟我一起找乐子！"

亚当的爸爸是一只很老很老的鹦鹉，没有鸟儿知道他到底有多少岁了，连他自己也不太清楚，所以大家都叫他老寿星，还经常借着给他庆祝生日的名头聚会找乐子。如此一来，他每个月都要过好几回生日。老寿星从开始记事的时候，就是店主一家的家庭成员了，吃得好，睡得香，活得自由自在，给宠物店生育了一代又一代漂亮的小鹦鹉。

在小屋子里躲清静的老寿星见到爱婿阿历克斯来了，很高兴，嗓子里咕咕地哼着小曲，不停地用苍老的鸟喙把阿历克斯那光灿灿的羽毛轻轻啄了一遍又一遍。

阿历克斯迫不及待地问："嘎！嘎！亚当的病是怎么好的？"

亚当耸耸肩，意思是说，他也不知道。

老寿星说："咕嘎！我也不太清楚！我以为他要死了，谁知道，把他接回来以后，他能吃能喝能拉能玩能睡，五项全能，回来没两天就活蹦乱跳啦！就又闪闪发光啦！就又变成一个万人迷啦！有人想买他，我可舍不得再失去他啦，就让他留在家里给我多生些孙宝宝吧！这不，昨天他刚娶了个漂亮又甜蜜的鹦鹉姑娘。咕嘎！"

阿历克斯听了，低下头思考起来："中毒！一定是中毒！我一直都觉得中毒说最靠谱！难道真的是中毒？难道有人在军营里下毒？嘎！”

　　“不可能！”亚当马上否定了阿历克斯的猜想：“亚瑟将军和我吃的食物都是精挑细选的！我们从来都不吃军营里的大锅饭！采购员、厨师、服务兵都是将军和我非常信得过的人，没有人有机会下毒！而且，厨师他们吃的和我们一样，他们也全都得了怪病！难道有谁会傻到给自己下毒吗？咕！”

　　阿历克斯：“那你觉得病因是什么呢？”

　　亚当神秘地说：“千真万确，是细菌！是一种神秘的细菌引起的。没准就是军队自己研发出来的细菌武器！据我所知，我回家不久，亚瑟将军自己也离开爪爪岛，回到绿野大陆地的家乡去养病，他的病也很快就好了！前几天他还托人问店主，能不能让我到他家乡去陪伴他呢。结果店主和我老爸都拒绝了。当然啦，我也不想再四处流浪啦！还是家里好啊！咕嘎！”说着，他又要拉着阿历克斯出去找乐子。

　　阿雪：“可是，如果是细菌引起的，并不会因为你离开了军营，病立刻就会好啊！就算是自愈，有白细胞来帮忙，也得有个过程，才能把细菌全都杀死啊！”

　　亚当：“那……要不然就是病毒感染？”

　　阿雪笑了：“病毒感染也一样啊！你身体里的免疫系统要把新病毒打败，产生新的抗体，也得好几周呢！”

　　亚当：“对啊！我在军营里还病了好几周呢，这样算下来，可不就是我的身体产生了新抗体、我自己把病毒打败了吗？咕嘎！"亚当有些得意，觉得自己挺厉害的。

阿威："那么，你那些留在军营里的伙伴现在情况怎么样？他们自愈了吗？"

亚当高涨的情绪立即像漏气的皮球一样瘪了下来，他难过地说："咕，我听说，那两只公鸡朋友，前两天死了。厨师和服务兵，还在病着。咕！"

阿雪："其实你自己在军营里也没有自愈，回家却立即自愈了，可以这样说吗？"

亚当也有些困惑了："对呀，你们这一问，我才意识到，还真是呢！老爸，难道咱家有神灵保佑？"

阿威笑着说："那么亚瑟将军家也有神灵保佑啦。"

亚当："对！对！你说得对！我要给亚瑟将军带个口信，恭喜他一下！咕嘎！"

阿历克斯："嘿嘿，如果真是神灵保佑，有啥规律可循吗？比如说，你和亚瑟将军都是五项全能？神灵只保佑五项全能之家？嘎！嘎！"

阿雪忍不住笑出声来："再说下去，外星人入侵说也要冒出来了！"

亚当做出深入思考的样子："没准真是呢！外星人保佑了我家？好像也说得通哎……他们释放了一种细菌或病毒，只保佑那些五项全能之家……咕嘎……"

阿威连忙打断亚当漫无无际的幻想："我倒是认为，

也许你家里有什么东西能治病！”

阿雪：“有道理，我也这么认为！”

5

老寿星和亚当听了却直摇头。

阿威：“亚当，你回忆一下，你在军营里吃的用的，有什么和家里的不一样？”

亚当想了想：“没什么不一样的啊。咕，吃饭盘子不一样？”

阿历克斯：“废话！盘子能吃吗？嘎！”

亚当：“他不是问吃的和用的吗？盘子是用的啊！”

阿威耐心启发亚当：“你说得对，盘子不一样可以算一个，没准，制作盘子的材料里有治病的成分呢。还有什么不同呢？你能想出来的都说一说。”

亚当：“咕……吃饭桌子也不一样！在军营我是在笼子里吃的，在家里我是在槽子里吃的。”

阿威怕亚当接着说房子不一样，院子不一样，炒菜锅子不一样，赶紧帮他缩小范围：“那槽子里装的食物呢？有什么不同吗？”

亚当：“这个倒没什么不一样，都是我爱吃的东西。就是军营里给的是精米，家里给的是糙米。咕，老爸，店主是不是太小气了，精米能比糙米贵多少啊！”

老寿星：“你就别瞎抱怨了，我倒是觉得糙米更好吃呢。精米有什么吃头，吃了精米我就浑身不爽。"

阿威问阿雪："精米和糙米的区别很大吗？"

阿雪："精米就是脱了谷皮的糙米，更白更香。"

老寿星："什么精米糙米，纯粹瞎折腾。以前哪有啥精米，不管人类还是鸟类，都吃糙米，不也吃得香香的。"

阿威听了，连忙问："您老还记得，爪爪岛是从什么时候开始吃精米的吗？"

老寿星："没多久！也就是去年深秋吧？我记得那时候新一茬稻谷刚刚丰收。以前爪爪岛的人们处理稻谷，都是用传统的舂米方法，舂出来的大米虽然没那么白，可是耐消化啊！去年深秋收获稻米的时候，大陆地的人类发明的什么碾米机忽然在爪爪岛时髦起来，碾米机碾出来的大米就又白又香了。瞎折腾，那么多谷皮带着谷肉都给碾下来，扔掉不要了，真是可惜，看得我心疼。我家店主的观点和我一样，他也喜欢吃糙米，所以我家一直吃糙米。"

阿威："去年深秋，唔，这刚好和怪病发生的时间点吻合了！难道说，谷皮可以治病吗？"

阿雪："很有可能！其实谷皮的营养非常丰富，扔掉不要确实太浪费了。或者，是不是也可以反过来说，也许正是因为精米里面缺乏某种营养素，才导致以精米为主食的动物得了怪病！"

阿威的眼睛亮闪闪的："你说得对极了！"

阿历克斯："嘎！没准是耦合现象！"

亚当："咕，什么是耦合现象？"

阿历克斯对自己的博学多才得意极了："就是两件事情偶然相继发生，但它们并没有因果关系！"

6

阿雪沉思着："是耦合还是因果，可以通过实验证明。"

机灵鬼肉球觉得事情过于巧合，而且阿雪和阿威的推论听起来非常有道理。他摩拳擦掌："那我们怎么才能证明谷皮能治病，或者精米缺乏一种重要的营养素呢？"

阿威："这个需要实地调查和科学实验。"

阿雪："我们不能拿人或鹦鹉做实验，调查是个好办法。"

阿威："唔，大陆地的人类喜欢把犯人都流放到爪爪岛，绿野大陆地的人类监狱几乎都集中在爪爪岛上。鹦鹉呢，是爪爪岛的吉祥鸟，爪爪岛的各个监狱里都有很多人养鹦鹉……"阿威问老寿星："是不是全岛的每个监狱里都有你的后代？"

"差不多！"老寿星自豪地说，"就算没有我的后代，也有我的朋友。我的亲友遍布爪爪岛，咕嘎。"

"太好了！"阿威说，"我有一个方案，你们看可行不可行。"

大家都热切地看着阿威，都想尽快查清楚怪病到底是怎么来的。

阿威：“亚当，你先把找乐子的事放一放。老寿星，这次也得麻烦您亲自出马。你俩和阿历克斯、猴面、肉球，组成一个小分队，到全岛所有的监狱去做个调查，统计一下各个监狱吃白米、混合米和糙米的情况，同时调查一下各个监狱里怪病的发病情况。我们要对比一下这两个数据。我和阿雪组成另外一个小分队。阿雪，请你和猫头鹰科学家们一起做个实验，看看谷糠中是否含有某种营养素，会影响到动物四肢和心脏的活动。”

亚当最喜欢旅游了，他笑逐颜开，手舞足蹈：“保证完成任务！咕嘎！”

老寿星更高兴：“我在这小屋子里早就待腻了，早就想去探望探望多年不见的亲戚朋友们！咕，要是碰到谁得了怪病，我一定把他们带回来！”

阿历克斯：“那我们现在就出发吧！”

亚当和猴面已经急不可耐地飞到空中。

“这个工作量可不算小，快马加鞭也得三周的时间呢。”肉球提醒大家。

阿雪想了想：“我们生态研究所在爪爪岛的南海群岛有个专门研究谷物的分支机构，我们可以去那里分离出谷糠里的营养素！三周时间应该也能出结果了。”

阿威：“好！我们三周以后再在这里碰面，怎么样？"

大家一致同意。

7

南海群岛位于爪爪岛的最南端，阿雪和那里的猫头鹰科学家们都很熟悉，他们经常合作研究一些生态保护的课题。

阿威和阿雪一路往南飞，秀美的爪爪岛一片葱茏。

正飞着，后面传来一个熟悉的声音，热切地叫喊着："阿威探长！阿雪姐姐！等等我们！"

阿威和阿雪回头一看，是勇敢无畏的小灰翅。跟在小灰翅后面的，是笑眯眯的残忍的怒焰。

小灰翅自从进了火焰岛国王侍卫队，就忙得脱不开身，阿威和阿雪已经有一段日子没见到他了。

"你长大了，更结实更帅气啦！"阿雪怜爱地看着小灰翅。

小灰翅不好意思地笑了。在侍卫队磨砺了几个月，小灰翅确实显得成熟多了。

怒焰："我也加入国王侍卫队了！"

小灰翅："怒焰大哥昨天被任命为我们的副队长啦！接替叛徒流川空出来的位置！怒焰大哥对我可关照啦！"

阿威和阿雪对视一眼，不约而同地微微扬了扬眉毛。

这当然没有瞒过怒焰那双鬼精鬼精的眼睛。但他装作没看见，继续兴高采烈地说："阿雪公主，国王派我俩来贴身保护你！"

小灰翅高兴地上下翻飞，提醒大家其实他仍然还是一个稚气未脱的少年，不管他多么努力地想表现出老成持重的样子。

阿威不禁想起第一次见到小灰翅时的情形，哈哈哈地笑了起来。

8

阿雪和阿威向南海群岛生态科学站的科学家介绍了他们从老寿星家了解到的情况，并提出了他们对爪爪岛怪病原因的初步猜想。

科学家们听了都非常兴奋。阿威和阿雪把爪爪岛怪病与精米联系起来的理论，很新颖，也很有说服力。

科学家们立即和阿雪一起制订了周密的实验计划。

首先，他们从谷糠中提取出一种重要的营养素——硫胺素，也就是维生素B1。

实验表明，维生素B1是一种辅酶，参与细胞的能量代谢，对任何一种细胞都至关重要。

动物体内一旦缺乏维生素B1，那些需要耗费很多能量的神经细胞最容易受到影响，由此身体就会出现种种症状。

阿雪他们用显微镜仔细观察那些患了爪爪岛怪病的

鸟、鸡、狗等小动物的组织，发现他们的神经都出现了与缺乏维生素B1症相似的损伤。

于是，科学家们给患了怪病的鸟、鸡、狗服用维生素B1制剂，结果几天之内这些小动物全都康复了，怪病症状完全消失了。

三周的时间很快过去。在南海群岛的碧海蓝天之下，阿威和阿雪朝夕相处，心心相印，比以前更加亲密。怒焰全都看在眼里，内心像猫抓一样难受，他把嫉妒和愤恨都深深埋在心底。

老寿星领导的调查小分队，也进展顺利。他们在调查了一半监狱之后，就已经清楚地看到了调查的结果，因为结果实在是太明显了。

两个小分队准时在老寿星家里碰面了。

根据老寿星他们的调查，在全爪爪岛，吃精米的监狱怪病发病率高达2.6％，吃混合米的发病率是0.2％，吃糙米的发病率只有万分之一。

换句话说，在只吃精米的监狱，得怪病的鹦鹉最多，最可怜，平均100只鹦鹉里有3只会得怪病。事实上，令老寿星他们印象最深刻的正是一个只吃精米的监狱，那里所有的鹦鹉都生怪病了。

在既吃精米又吃糙米的监狱，得怪病的鹦鹉比较少，平均1千只里面有2只得了怪病。

在只吃糙米的监狱，几乎所有鹦鹉都好好的。老寿星他们其实在只吃糙米的监狱里仅仅发现了一只得怪病的鹦鹉，这只鹦鹉对主人不让他一天到晚看电视极度不满，为表示抗议，愤怒地绝食了。

阿雪、阿威立即向参与科学实验的南海群岛科学家们通报了这一调查结果，大家马上决定发表一篇专业论文，向外界介绍这个重大发现。

这篇论文一发表，立即引起猫头鹰世界的强烈关注，也迅速传播到了人类世界，爪爪岛怪病的原因终于找到了！而且治疗的方法是如此简单，怪病因此很快就被有效控制住了。

后来，阿雪他们因为这项重要的医学发现获得了猫头鹰世界的最高科学奖诺贝贝奖。当然，这是后话了。

猫头鹰联合国的铁爪总理终于舒了一口气。他非常高兴，又一次亲切会见了阿威，并专门召开了一次新闻发布会，亲自给阿威、阿雪、肉球、猴面和阿历克斯、老寿星、亚当分别颁发了一枚"特别贡献总理奖"的奖章，热情洋溢地代表全联合国的猫头鹰对七只杰出的鸟儿表示了深深的感谢。

9

"嘎！我平时吃糙米也不算多，我是不是也会得怪病呀？"阿历克斯说着，焦虑地在老寿星的小屋子里转起了圈圈，亚当怎么安慰他都没用。

阿雪耐心开导他："并不是只有谷糠、麦麸里才有维生素B1，很多食物里都有呢。比如，肉啊、蔬菜啊、水果啊，里面都含有丰富的维生素B1。你看，在有些监狱，虽然只吃精米，但得怪病的鹦鹉并不多，就是因为他们还能从别的食物里获得足够的维生素B1呀。"

亚当一拍脑袋："对呀！亚瑟将军就不喜欢吃肉，也不喜欢吃蔬菜和水果，所以我们才都得了怪病！我死也不离开佳佳宠物店了！在外面生活风险太大！咕嘎！"

阿威也大笑着拍拍阿历克斯的翅膀："你那么喜欢吃虫子肉肉、菜菜和水果，营养很全面啦，完全不用担心！"

"嘎！嘎！这下我就放心啦！我爱肉肉！我爱菜菜！我爱果果！我爱艾玛！我爱亚当！我爱你老寿星！"他抱住老寿星，猛烈地亲了几口，老寿星乐得差点从架子上摔下来。

这时，阿威用眼睛的余光发现，受长爪国王之命"贴身保护"阿雪的怒焰，又悄悄溜走了。

阿威悄无声息地跟出去。怒焰一眨眼的工夫已经消失无踪了。

小灰翅见阿威出来，也跟了过来。

"你们的副队长很神秘啊。"阿威说。

"哈哈，是啊！他是国王的特使嘛。"小灰翅敬慕地说。

阿雪也飞了出来。"特使？我可信不过他。"

　　救命水失踪案的疑团也曾在小灰翅的心里盘旋过好一阵子。他还专门问过好朋友小黄帽，小黄帽十分肯定地说，怒焰绝对不是那个使坏的猫头鹰。"那只猫头鹰比怒焰强壮、漂亮多了！"小灰翅听小黄帽说得那么肯定，才把疑心收起来。

　　所以此刻听阿雪这么一说，小灰翅还是大吃了一惊。

　　阿威对小灰翅原原本本讲述了小海獭的自杀式袭击，以及怒焰当时的古怪行为。

　　小灰翅慢慢点头："嗯！是挺可疑的。不过，这些都只能算是怀疑，不能算是证据。"

　　阿雪："长爪叔父就是这么想的。他认定怒焰完全没有问题，没必要怀疑他。"

　　阿威："小灰翅，请你答应我一件事，为了阿雪的安全，你要对怒焰多加留意。拜托了！"

　　小灰翅："明白！阿威探长你放心！"

10

　　阿雪明确回绝了长爪请她做火焰岛继承者的要求。

　　"我对火焰岛上的争斗一点也不感兴趣，"阿雪叹了口气，"当动物们平等地站在大自然面前，正义和自由真的有那么分明吗？异族也好，同种也罢，真的无法彼此容纳、和平共存吗？只能不是你死就是我活吗？每一个物种都是大自然的杰作。在大自然上演的每一场争斗中，我同情搏杀的每一方，因为我看到了各方的痛苦和挣扎。我只能袖爪旁观。"

长爪耐心地开导她："正义和自由难道不是一目了然的吗？火焰岛最大的正义是驱逐人类，最大的自由也是驱逐人类。这难道不是黑白分明的事吗？我们和人类，难道不是你死我活的世仇吗？人类多存在一天，我们的生存就多遭受一天的威胁！袖爪旁观是不是太不负责任了？"

阿雪又叹了一口气："亲爱的叔父，我不同意你的说法，但我非常理解你看问题的视角。你也有你的道理。就让我把一生的精力都用在生态保护上吧，我热爱这份工作。只有这份工作，能让我看清楚我是谁，我在乎的是什么，我到底能为大自然母亲做出什么有益的贡献。做女王，我即不擅长，也没兴趣。"

长爪："但是你不能，亲爱的孩子。你肩负着王族的责任。这是历史的责任，也是现实的责任。你没法回避，你必须鼓起勇气承担。"

阿雪："不，你说错了。每只猫头鹰都有自己的选择权，谁也不能指定我的生活。我只需要对我自己负责。我喜欢自由自在、简单、宁静的生活，喜欢做一只普通的猫头鹰，每天在森林里、在田野上随心所欲地飞翔，享受大自然的清香气息。我真的没兴趣做女王，对不起。"

长爪："你这是中了那个闪电阿威的毒了，呵呵。但是，你跟他们不一样。"

阿雪扬了扬眉毛："有什么不一样的？我们连羽毛的颜色和纹路都是一样的，都是灰白的身体，雪白的尾巴，就是我的颜色更白一些，他的颜色更灰一些，哈哈！"她不想和长爪谈论太多关于阿威的事，于是开起了玩笑。

但长爪仍然很严肃："你们不一样。做一个平民，可以随心所欲。但作为火焰王族的继承者，整个王族的利益是第一位的。比如说，女王的婚姻将不再是她一个人的事情，而是火焰岛王国的大事，将载入王国的史册；她必须得从王室中寻找一个伴侣结婚，生儿育女，延续王族纯正的血统。"

长爪本来不想这么早就跟阿雪谈论婚姻这个大话题，但他忽然觉得，他必须现在就跟阿雪挑明了，哪怕她暂时不能理解。果然，阿雪听了长爪这番话，虽然没有反驳，但噘着嘴，满脸写满了不同意。

长爪有一点小小的失望。他自己在阿雪这么大的时候，就已经开始为火焰岛的复兴日夜操劳。从父王暴烈的铁翅把他立为火焰岛继承者的那一天起，他无忧无虑的生活就永远地结束了。从那以后，他几乎没有为自己活过一天，他活着，就是为了火焰岛的美好明天，为了火焰王族的复兴。

但长爪对阿雪并没有死心。他觉得阿雪只是还没有意识到自己肩负的独特使命，还不懂得王族责任感的神圣意义。长爪坚信，终有一天，阿雪会理解他的。

长爪隐隐觉得，阿雪被庸俗的爱情蒙蔽了双眼，所以才如此无视王族大义。

长爪决定再去找阿威谈一谈。如果阿威真的爱阿雪，就应该替阿雪着想，让阿雪拥有最美好的生活、最远大的前程和最有意义的一生。

长爪精心准备了和阿威的谈话。他屈尊邀请阿威在火焰岛西海岸南边悬崖上的灌木林见面，那是一个僻静的地方，也是长爪独自思考的圣地。在那个地方，火焰岛的过去、现在和未来，无数次在长爪的心头萦绕。

他很担心平民阿威不能理解他的苦心，会当场和他吵起来。"谁知道呢？一个在所谓'自由平等民主博爱'的联合国长大的平民猫头鹰，一个不懂礼仪和荣誉感的平民猫头鹰，面对'为王族复兴而自我牺牲'的信念，会做出什么反应呢？"

让长爪完全没想到的是，阿威一声不吭地听长爪把话说完之后，只是淡淡地说："谢谢你的关心，我知道了。"然后就振翅飞走了。

长爪简直不能理解这个没有礼貌不知尊卑贵贱的平民猫头鹰，只好又一次劝说自己不要和平民猫头鹰一般见识。

阿威走后，长爪一动不动地立在西海岸笔直的悬崖边，眺望着西方，独自发愣。从这里望过去，大海和蓝天都显得更加辽阔，让他心潮澎湃、热血沸腾。直到一个全身黢黑的人类男孩冷不丁从海岸金灌木的花丛里冒出来，吓了他一大跳，惊醒了他的思绪。他极度厌恶地瞪了那个男孩一眼，立即飞走了。

长爪不知道的是，阿威回去以后，也独自静坐良久，静静流下很多很多的眼泪。

11

这天晚上，月黑风高。在火焰岛礁石群岛一个偏僻的避风港里，慢腾腾和腾腾慢在黑暗中听到了一段奇怪的对话。

一只老猫头鹰压低声音说："只要那丫头一死，他就别无选择，你就是唯一的王位继承者了！"

另一个年轻猫头鹰的声音有点耳熟，她俩好像在哪里听到过，但一时想不起来了。他的声音更低沉，但更暴躁、恶毒："不行！冰中烈焰公主一定要活着，我要娶她。虽然老东西没跟我提过，但我知道这也是他的想法。"

老猫头鹰急了："你怎么这么没志气！做个亲王，凡事都得听女王老婆的！你还是要立志做国王！当了国王，想娶哪个，就娶哪个！"

年轻猫头鹰："哼哼！谁听谁的，还说不定呢！不要只看表面！我一定要娶她！而且要一辈子牢牢地把她控制在我的爪心里！让她绝对服从于我！"

老猫头鹰沉默了一下："你这是被愚蠢的爱情冲昏了

头脑！”

　　年轻猫头鹰：“你才愚蠢！你那一套过时了！现在首先要对付的，是那个平民小子！干掉了他，公主就是我的。我主意已定，我的事情我做主！不要你管！”说完，他气哼哼地扑扇着翅膀飞走了，头也没回。他的影子渐渐融化在夜色中，有一瞬间，一缕暗淡的月光刚好照到他身上，慢腾腾和腾腾慢看到了一个似曾相识的身影。

　　腾腾慢悄悄地说：“他的脸曾经坑坑洼洼，他的笑永远虚虚假假，这个坏家伙，又是他！”

　　慢腾腾悄悄地说：“他的脸也许不再坑坑洼洼，可是没错，心狠爪辣，就是他！”

第九章

最后一只太阳龟

1

"孤独的太阳"乔治伸长了脖子，静静在趴在火焰岛南海岸的一个水坑边。

酷暑已在不知不觉中消散，乔治漫长生命中的又一个秋天已经到来。作为一只活了153岁的陆龟，这样的秋天已经多得让他数不清了。

海风温柔、凉爽，乔治感觉自己比往年更怕冷了。

他重重地叹了一口气，把脖子伸得更长，好让身体接收到更多的日晒。他那布满了太阳图案的巨大甲壳，在阳光的照射下微微泛出金色光芒。

两只小海龟从海水里浮出小脑袋，抬头望着老乔治，像往常一样替老威廉爷爷问候他。

"老乔治，你还活着吗？"腾腾慢问。

"老乔治，你还没死吗？"慢腾腾问。

"呵呵，我还活着，还没死。"老乔治微微转过头来，对两只小海龟调皮地眨了眨眼睛，露出一个大大的微笑。然后，他无力地垂下头来，仿佛转头、眨眼和微笑的动作消耗了他太多的能量。他缓慢地把脑袋平放在水坑边，就一动也不动了。与他庞大的身躯比起来，他的脑袋小小的，看起来是那么柔弱。

腾腾慢："太好啦，老乔治，爷爷听到保准要笑啦！"

慢腾腾："太糟啦！老乔治，你看起来就像死掉啦！"

"呵呵，呵呵，"老乔治身体一动也不动地说："代我问候你们的爷爷，告诉那个老家伙，我快死啦！"

腾腾慢："你不能死，老威廉说，你是火焰岛最后一只太阳龟！"

慢腾腾："你要活着，老威廉说，你努努力一定能活到两百岁！"

"呵……"老乔治连笑一笑的力气都没有了。

慢腾腾和腾腾慢哭了，她们舍不得老乔治死掉。

<h1 style="text-align:center">2</h1>

阿历克斯这天一大早就急匆匆地飞来找阿雪，一进门就上气不接下气地对阿雪说："那两只小海龟姐妹你还记得吗？嘎！她们守在绿野码头等艾玛回来，也不知道守了多久。昨天艾玛总算回来了，她们托艾玛给你带个口信，说有一种太阳乌龟要灭绝啦！最后一只太阳乌龟在火焰岛南海岸快要老死啦！嘎！她们求你快去救老乌龟！"

"火焰岛太阳陆龟！火焰岛竟然还有巨型陆龟！"阿

雪听了又惊又喜，立即放下《猫头鹰联合早报》，"噌"地飞起来，"我们去找阿威，马上一起去看看！"

长眉也很激动："快去！快去！太阳龟是火焰岛特有的巨龟，已经消失很多年了，我还以为我眼看着他们灭绝了呢，没想到竟然还有活着的！哎，我有好一阵子没看见阿威了呢，你替我问声好！"

阿雪边出门边心里想："阿威最近有点奇怪呀。"他对阿雪还是那么友好，却很少主动联系阿雪，见了面也总是没精打采的，显得有些沉默寡言。

"难道他生病了吗？身体不舒服吗？"阿雪一路都在想着阿威，没有注意到飞出雪枭村不久，一个鬼鬼祟祟的黑影子在她和阿历克斯的身后闪过。

阿历克斯倒是没觉得阿威和以往有什么不一样。一看到阿威，他就竹筒倒豆子，叽里呱啦跟阿威说了小海龟姐妹求助的事。

阿威沉思片刻，答应和他们一起去火焰岛南海岸看看。

"孤孤单单的太阳龟，真可怜。"阿威叹道。

"是啊！小海龟们说这是最后一只太阳龟。不知道他曾经是否有过妻子和孩子。"阿雪说。

阿威脱口而出："我和他真是同病相怜啊！"

阿历克斯："嘎！你生病了吗？你怎么知道老太阳龟和你生的是同一种病？"

阿威笑笑："我没有生病，我是同情老太阳龟太孤单啦！"

阿雪笑着看了看阿威："你比老太阳龟幸运多啦！"

阿威没有作声。他在心里默默地说："阿雪，你永远都不会知道，如果没有你，我会有多孤单。"

阿威和阿雪都有些心事，所以当他们从阿威的小窝里出来，振翅向西南方向的火焰岛飞去时，他俩都没有注意到有一个灰影子在他们身后的树丛间一闪而过。

3

阿雪、阿威和阿历克斯找到慢腾腾和腾腾慢的时候，她俩正和威廉爷爷守在老乔治身边，看老乔治在阳光下打瞌睡。

威廉爷爷最近几乎整天都和老乔治待在一起。有时候两个老朋友一整天一句话也不说，就那样并排趴在阳光下，从太阳刚刚升起来，一直趴到太阳落入大海。

在夜晚来临之后，老威廉便慢慢地爬进大海，游回紫荆家族隐秘的小窝，而老乔治已经没有力气像往常一样爬回到灌木丛里或者躲进泥巴堆里取暖。在黑夜里，他仍然趴在水坑旁边，全身紧紧地缩在甲壳里，深切感觉到自己的生命被寒冷一点一点地抽走了。每个晚上，他都觉得自己挨不到天亮了。

慢腾腾和腾腾慢想尽一切办法挽救越来越衰弱的老乔治。他们甚至曾经试图引起人类的注意，但人类见到她们之后，根本没心思听她们到底想说些什么。人类所有的愿望只是抓住她们，好仔细研究她们，展览她们，拿她们来炫耀，因为她们甲壳上的紫荆花纹太漂亮、太独特、太罕见了。她们只好从人类身边跑开了。

那个人类男孩，黑黑的小耳朵，也经常来看望老乔治，轻轻地抚摸老乔治，但他不敢让别人知道老乔治，他怕别人会杀了老乔治。

火焰岛的环境大臣任性的清风也无能为力。国王长爪只在乎猫头鹰的生存，一心一意地筹备着驱逐火焰岛人类的战争，对老乔治是不是最后一只巨型太阳龟一点都不关心。也许，长爪觉得反正就剩最后一只了，关心也没用，就不想再浪费资源和精力了。

清风对阿雪公主一直很敬佩，他悄悄建议两只小海龟去找上次帮助海獭家族脱险的阿雪公主。两只小海龟听了，眼睛一下子亮起来，看到了巨大的希望。她们都埋怨自己，怎么没有早一点想到阿雪公主呢。

两只小海龟耳朵灵，眼睛尖，嗅觉灵敏。快看！阿雪公主带着阿威还有那只嗓门很大的漂亮鹦鹉飞过来啦！阿雪公主这么快就来救老乔治啦！

腾腾慢："老乔治！你快醒一醒！有个朋友来救你！"

慢腾腾："老乔治！你睁开眼睛！我们永远在一起！"

阿雪在空中看见几百公斤重的老乔治像个老古董一样趴在那里，激动极了。老乔治听到两只小海龟的呼唤，微微动了一动。阿雪连忙轻轻地对两只小海龟做了个"小声一点"的手势。两只小海龟立即听话地安静下来。

老威廉抬起头，叹口气："晚啦！晚啦！太阳龟家族就要在我们眼前灭绝啦！"

阿威先落下来："真的就剩这一只了吗？"

老威廉转过头去看了阿威一眼，蓦然吃了一惊，面露欣喜之色，不由自主地伸长了脖子。他又愣了一下，才回过神来，摇摇头："啊！你长得太像一个伟大的国王，看到他重返这纷扰的尘世，我好像再次回到了童年。"他眼睛茫然地望着连成一片的大海和天空，喃喃自语着："不可能啦！不可能啦！好日子再也不会回来啦！我这是怎么啦，总是回想过去，我太老啦，老糊涂啦。"

老威廉缩回伸长的脖子，看着老乔治："太阳点燃的金色光辉曾经在火焰岛处处闪烁，今天就只剩下这一个老家伙喽。"两只小海龟看见，老威廉的眼睛也不知道是因为又迷了沙子，还是因为太苍老，又酸了累了，里面慢慢地流出来两行泪水。

阿雪也收起翅膀，在阿威身旁落下来："是啊！火焰岛猫头鹰王国的史书有记载，太阳陆龟和紫荆海龟是火焰岛特有的两大乌龟家族，两大家族曾经涌现出很多杰出的乌龟。在我的先祖庄严的雪山国王统治时期，由于人类的入侵，陆龟和海龟的数量开始迅速减少。这一、二百年里，火焰岛有很多物种灭绝了。我本来以为，太阳龟在几十年前就灭绝了。"

老威廉："是啊！是啊！在我们火焰岛老居民的眼里，雪山国王就是那'最后一个国王'。在他之后，火焰岛就一天比一天衰败啦。我还记得，我和乔治的童年就是在东躲西藏中度过的啊！但不管怎么说，那时候，我们还有父母，还有兄弟姐妹，可是现在，我们就剩自己喽！"

腾腾慢："爷爷还有我们！坚强的小紫荆！"

慢腾腾："我们还有爷爷！勇敢的老紫荆！"

老威廉笑了："是啊，是啊！爷爷真的很幸福哦！"他竟然笑出了眼泪，又有两行眼泪从他的眼眶里慢慢流了下来。

老乔治迷迷糊糊地开口说话了："老威廉，我刚才梦到我俩又在岸边的海藻田里游玩，还给那些海龟、陆龟姑娘们捣了不少乱呢。她们的笑声还是那么甜美啊！"

老威廉："嗨，你是不是又把人家给惹哭啦！"

老乔治："呵呵，呵呵，没有哭啊，所有乌龟都很开心啊，都在笑啊，笑啊。我的老祖母笑得最高兴啦，她光芒四射，笑得像一颗金灿灿的太阳。滚烫滚烫的阳光晒在身上真舒服啊！大海真蓝啊！海藻真茂盛啊！岸边的紫花开得真好看啊！棕榈树真高大啊……"

老威廉："你真做了一个美梦啊！"

4

阿历克斯："喂！喂！老乔治，你们太阳家族为什么就剩你一只啦？嘎！"

老乔治："都被人类杀掉啦！不要问我为什么没有流眼泪，我的眼泪已经流干啦！老威廉，你也别哭啦。"

老威廉："我才没有哭呢，是我眼眶上的盐腺要排出我体内多余的盐分，是海风又把沙子吹进了我的眼睛里。"

阿历克斯："人类为什么要杀你们呢？我可以给阿海队长写报告，用电脑写！让他们立即停止屠杀！嘎！"

老乔治："为了我们的肉，为了我们的蛋！每一颗乌龟蛋里面，都有一个可爱的小太阳宝宝啊！"

老威廉："唉！唉！晚啦！晚啦！"看起来更多的沙子被风吹进老威廉的眼睛里了。

老乔治自顾自地说下去："后来，他们专门捕杀巨龟，要提炼什么'龟油'，唉！唉！究竟是谁告诉他们，说龟油是可以包治百病、长命百岁的神药呢？活得越长就越倒霉，活了一百个年头，最后被人类熬成了一碗油！"

老威廉："唉！唉！连我们的甲壳，都被人类当成长寿神药啊！尤其是你们的太阳甲壳，人类一见就发狂，就像挖到大金矿！"

老乔治似乎在述说一个别人的故事："棕榈树不见了，紫色花不见了，人类开荒种地，饲养家畜，水臭了，地脏了，野狗家狗多如毛，野猪家猪到处跑，又笨又重的太阳龟，想逃都没处逃……”

阿威：“你……曾经结过婚、生过孩子吗？”

老乔治微微抬起头，看了阿威一眼：“哦，庄严的猫头鹰小王子啊，我有过妻子，有过孩子。我看着他们来了又走了，来了又走了……现在，我也该走啦！我逃了一辈子，再也逃不动啦……”

慢腾腾和腾腾慢哭起来。

腾腾慢：“老乔治，你不要走！也不要逃！”

慢腾腾：“老乔治，你就待在这儿长生不老！”

腾腾慢：“老乔治！就算坏家伙躲在灌木丛里，你也不要害怕！”

慢腾腾：“老乔治！就算他的脸不再坑坑洼洼，他还是心狠爪又辣！”

阿威和阿雪大吃一惊。他们向灌木丛里望去，密密匝匝的灌木枝条随着海风微微摆动。他们同时向一丛枝叶投出锐利的目光，那里似乎有一片不同寻常的暗影。

老乔治无力地垂下脑袋：“呵呵，呵呵，我什么也不怕啦，我就要死啦！”

老威廉：“你安静地走吧，老朋友，我会陪你到最后一程。”

5

吹向灌木丛的海风好像突然间变大了，灌木枝条唰啦啦地摇摆，黑色树影不停地晃动。

"有情况！""小心！"阿威和阿雪同时大喊。

喊声未落，十几只雄壮的猫头鹰从那片灌木丛的暗影中冒出来，恶狠狠地向阿雪直扑过来。

阿威怒目圆睁，腾空而起，去拦截这些来势汹汹的恶鹰。他快如闪电，伸出利爪，一爪一只，把飞在最前面的两只坏猫头鹰抓起来，顺势用力向两边甩出去。那两只猫头鹰重重地撞击在水坑边的岩石上，哀号着，挣扎着，却怎么也飞不起来了，很显然他们的翅膀被撞断了。

刹那间，阿威被六只坏猫头鹰团团围住，彼此缠斗在一起。阿威胆识超群，速度和力量都很惊人，以一敌六也丝毫不落下风，转眼间又有两只坏猫头鹰被他甩到海里去了。

与此同时，另外六只坏猫头鹰一起向阿雪发起了猛烈攻击。好阿雪，她灵巧得如同一个精灵，把两只小海龟看得眼花缭乱。只见她化作一团白影，一片银雾，轻盈飞舞，所到之处，敌人的羽毛四处乱飞。很快，一只坏猫头鹰被阿雪击中，血流满面，"咣当"一声，摔倒在水坑里，水花溅了老乔治一身。老乔治一动不动，瞪大了眼睛，注视着眼前血腥的战斗。

阿历克斯全身的羽毛披散开来，他没头没脑地乱飞，哇哇乱叫着："有坏蛋！有坏蛋！救命啊！救命的有没有啊！嘎！"

"打死她！快打死她！快！"一个老猫头鹰躲在灌木丛里，号叫着下令。

两只小海龟听到这个嘶哑、毒辣的声音，都伸长脖子，倒吸了一口凉气。

腾腾慢："老坏家伙想要小坏家伙杀公主！"

慢腾腾："老坏家伙想要小坏家伙当国王！"

腾腾慢："小坏家伙不想当国王！"

慢腾腾："小坏家伙只想娶公主！"

"噗！噗！"从灌木丛的另一个方向飞来两颗石子，砸向两只小海龟。两只小海龟正伸长了脖子，望着老猫头鹰藏身的灌木丛，等她们扭头注意到两颗飞来的石子，已经来不及躲闪了。

眼看石子就要砸在两只小海龟的小脑袋上了。这么大的石子，这么快的速度，如果两只小海龟被击中，脑袋必定要被砸个稀巴烂。

阿历克斯快要急疯了，声嘶力竭地狂叫起来，也听不清他究竟用的是什么语言叫了些什么话。

阿威和阿雪在空中也看见了这极度危险的一幕，却被坏猫头鹰们死死缠住，一时间根本无法赶过来施救。

老威廉和两只小海龟中间隔着垂死的老乔治。老威廉惊恐地举起两只前爪，张大着嘴巴，瞪圆了泪流不止的眼睛，眼睁睁看着心爱的孙女们即将在下一秒钟惨死在飞石之下。

就在这千钧一发的时刻，老乔治用尽全部的力气，把身子向前猛地一蹿，扑到两只小海龟前面，"咣当！""咣当！"两颗飞石先后重重地砸在老乔治身上，绚烂的太阳甲壳应声砸出几道细小的裂缝。

老乔治的两条前肢轻轻地落在两只小海龟的身旁，好像想要把她俩抱在胸前好好地保护起来。

"呵呵，人类啊，这下太阳甲壳不值钱喽……"这是老乔治此生所说的最后一句话。

老乔治的前爪无力地耷拉在地上，永远地告别了这个多灾多难的世界。

两只小海龟放声大哭，泪如雨下。她们哭啊，哭啊。这哭声，地动山摇。这哭声，撕心裂肺。问世间万物，谁听了不会一同流下悲伤的泪水？

在这伤心欲绝的哭声里，几只海龟的脑袋在岸边浮出海面，是绿海龟。慢慢地，不远处又浮出几只，是丽龟。紧接着，更远处又出现了几只，是玳瑁龟……渐渐地，越来越多的海龟聚集过来，为太阳家族的最后一个成员送行。

阿雪和阿威也泪眼模糊。

老威廉慢慢地爬过去，把老乔治和两个小孙女紧紧抱在怀里。老威廉的眼泪还没有流干么？

阿历克斯发疯一样地冲向石子飞出的灌木林。一向最怕死的阿历克斯，下决心哪怕搭上性命，也要揪出那个可恶的凶手。可是，他什么也没有找到，凶手早就悄悄溜走了。

坏猫头鹰们也被眼前的悲伤气氛震住了，不由自主地往后退去。

"杀死她！快乘机杀死她！多好的机会！你们这群废物！"那只老猫头鹰气急败坏地叫喊着。他一定有一副比火焰岛的岩石还要坚硬的铁石心肠。

几只坏猫头鹰犹犹豫豫地上前，但一看就没有使出全部的力气。

老猫头鹰恼怒到几近疯狂的地步，全然不在意是否暴露了身份，满脑子里只有一个声音在轰隆作响："杀了她！杀了她！杀了她！"

怒气冲冲地，从灌木丛里飞出了狡猾的长尾。他长长的尾巴紧紧攒在一起，如同一粒导弹，砸向阿雪。这是同归于尽的不要命打法。

阿雪见了，灵敏地一转身，导弹错过了目标。

导弹紧急刹车，快速转向，张开翅膀，弹出爪子，爪子上闪烁着刺眼的金属光泽。

阿雪猛吃一惊。这种武器在猫头鹰联合国早就被禁用了。

阿雪向上飞起，躲开了金属爪。那几只围攻阿雪的坏猫头鹰一看眼前的阵势，都飞到阿雪的上空，向阿雪包抄过来。

阿雪上下受敌，她轻轻一抖翅膀，斜着滑出包围圈。"呲啦"，一号心腹的胸口被长尾的金属爪划破，鲜血直流。

长尾已经杀红眼。他要不惜一切代价亲爪杀死阿雪。

长尾看也没看被他误伤的一号心腹，紧随着阿雪向左滑去。那些坏猫头鹰此刻就像长尾的恶狗，团团包围住阿雪，把阿雪往长尾的金属爪下驱赶。他们自己则小心翼翼地躲避着长尾的金属爪和阿雪的利爪。

阿雪一眼就看穿了这些坏猫头鹰贪生怕死的鬼心思。她像一团燃烧的灰白色火焰，在坏猫头鹰群里疾速冲荡，利爪瞅准时机，准确地击打在坏猫头鹰的面部。几只被击中的坏猫头鹰怪叫着败下阵去。其他的坏猫头鹰害怕了，赶紧离阿雪远远的，只是象征性地堵着她的去路，但阿雪只要一飞过来，他们马上就让路了。

"废物！废物！"长尾气急败坏，彻底疯了。他张牙舞爪地扑向阿雪。阿雪躲开了他的金属爪，却被他张开的右翅拍中。

阿雪惊叫一声，努力想保持平衡，却还是打着滚落入大海。长尾狞笑着逼过来，准备发出致命的一击。

7

　　阿雪只是没有来得及恢复平衡，其实并没有受伤。她在海面扑腾，想飞起来，无奈身上溅满了海水，一下子没飞起来。她又一次故意跌到海水里，躲过了紧逼过来的长尾所发出的又一次凶险袭击。

　　阿威听到阿雪的惊叫，心里大急。他把利爪排山倒海地挥向挡路的坏猫头鹰，不顾一切地杀出一条血路，向阿雪飞去。

　　"噗"，又一粒来历不明的小石子不早不晚、不偏不倚地向阿威飞来。阿威连忙一低头，一闪身，躲开了。

　　阿历克斯大怒，又披散着羽毛，飞过去寻找扔石子的凶手。他还是没找到，只看到一团灰白的影子一闪而过。

　　就这一会儿的工夫，长尾已经再一次逼近阿雪。

　　老威廉发出一声长啸，所有的海龟齐声回应。阿雪的身旁出现了好多只大海龟，紧接着，阿雪忽然发现自己被海龟们抛出了海面。

　　她竭尽全力地迅速飞升。从她光洁的羽毛上抖落下来的水珠连成了一串。阳光荡漾在这些大大小小的水珠上，折射出七彩光芒。一道彩虹随着阿雪袅袅上升，阿雪像一个白羽仙子，翩然飞舞，美极了。

　　这时，阿威如离弦的利箭，飞到阿雪身旁，展开双翅，与阿雪比翼飞升。

　　阿雪转头向阿威微微一笑，阿威会意地点点头。两只俊美的猫头鹰奋力向上，飞向高远的天空。

长尾岂肯就此罢休，他已经完全丧失理智，一心只想要阿雪死。他打了一声呼哨，领着剩下的残兵败将，也向上飞升，想去追阿雪。阿威和阿雪开始在高空盘旋，做好了迎战敌人的准备。

远远地，湛蓝的天空中出现了一个小灰点。小灰点越来越大，又来了一只雄壮的猫头鹰！阿威和阿雪并肩飞升到更高处，警惕地观察着这只猫头鹰的动向。

怎么越来越眼熟？啊！是怒焰！

怒焰也像一枚导弹，长长的尾巴紧紧攒在一起，直直地撞向长尾。长尾呢，一方面一心想去追阿雪，没留意儿子的动向，另一方面他毕竟老了，刚才又疯狂袭击了阿雪一通，体力严重透支，所以，他竟然躲都没躲一下，直接被儿子的肉身导弹击中了。

怒焰大吼一声，从长尾笔直坠落的身体上空滑过。

"扑通！"长尾落入大海，不见踪影了。

剩下的坏猫头鹰看见此情此景，都懵了。怒焰怎么把长尾给杀了？他们来不及想明白，就四散逃命去了。

怒焰追上离他最近的一号心腹，给了这个倒霉蛋狠狠一击。这只猫头鹰连哼都没哼一声，就摔下去，落进水坑，死翘翘了。

8

"坏蛋被我打败了！你们安全了！"怒焰高声对阿威和阿雪喊道。

阿威和阿雪从高空盘旋而下。

"刚才那只老猫头鹰是……谁？"阿威问。

"是我的父亲，流亡的叛贼，狡猾的长尾。"怒焰平静地说。

"啊！你，就那样，杀了他？"阿雪很震惊。

怒焰依然显得很平静，大义凛然地说："他三番五次要刺杀你，罪有应得。他罪该万死！"

阿威和阿雪无言以对。他俩飞下去，落在两只小海龟身旁。

"我很难过，我们没有救得了老乔治，反而引来了争斗，害死了他，对不起！"阿雪含着眼泪，哽咽着说。

阿威也难过地低下头去，为老乔治默哀。

老威廉摇头叹息："你们不要责怪自己。老乔治在生命的最后一刻，救了两只小海龟的命，他死的时候，一定非常自豪。我了解他，这个勇敢、忠诚的老家伙啊。"

腾腾慢抽泣着："我们没有救得了老乔治，老乔治救了我们。"

慢腾腾呜咽着："我们永远忘不了老乔治，老乔治爱着我们。"

这时候，怒焰也飞下来，落在阿雪旁边。

腾腾慢一看就炸了："这个坏家伙，害死了老乔治！"

慢腾腾一看也炸了："这个坏家伙，背地里扔石子！"

怒焰做出一脸无辜的样子："你们一定弄错了，我这辈子从来都没有扔过石子。"

9

两只小海龟最讨厌别人说谎，她们听了怒焰的回答，都气得浑身发抖。

腾腾慢："我亲眼看见你悄悄躲进灌木丛！"

慢腾腾："我亲眼看见你向阿威扔了石子又逃无踪！"

怒焰："你们看错了，那不是我。"

腾腾慢："礁石群岛夜黑黑，你和老坏家伙吵翻天！"

慢腾腾："他说让你当国王，你想娶了公主做亲王，公主她名叫冰中烈焰！"

怒焰："你们听错了，那绝对不是我。"

腾腾慢："是你害死了小海獭，骗他去吃弓形虫！"

慢腾腾："幸亏小海燕跑得快，你干了那么多坏事脸不红！"

怒焰："不可能。小海燕，呵，一只傻螃蟹知道什么。"

腾腾慢："你是一个大坏蛋！"

慢腾腾："满嘴谎话没心肝！"

怒焰摇摇头，做出一副不和小海龟一般见识的样子，不再理睬两只小海龟。他转头对阿雪说："这两只小海龟受了刺激，神智错乱了。"

阿雪严肃地盯着他。

怒焰耸耸肩："我要去向国王汇报长尾的死讯，这才是大事。"说完，他也不等阿雪说什么，展开翅膀就飞走了。

腾腾慢："他是一个谎话精！"

慢腾腾："我们说的是实情！"

阿雪抱着两只小海龟，郑重地说："我相信你们。谢谢你们。"

10

"我们一起和老乔治告别吧。"老威廉说。

这时候，火焰岛附近海域的所有海龟几乎都来了。他们有的仍然浮在海面上，有的趴在岸边。还有一些海龟爬上了岸，一圈圈地围在老乔治周围。最里圈的海龟们把前肢搭在老乔治的甲壳上，排在后面的海龟依次把前肢搭在前面的海龟甲壳上。这是一个古老的仪式，为那些已经灭绝的乌龟家族的最后一个成员举行的告别仪式。

"虽然你不是一只海龟，
但你我的命运一样充满惊涛骇浪。"

老威廉缓缓地开始了吟唱，两只小海龟轻声伴唱。其他的海龟都随着三只紫荆海龟的歌声有节奏地低吟着。

"你的祖先来自遥远的荒原，
火焰岛的太阳赐予你们重生的力量。

几百万年前你们随波漂荡，
偶然被海潮推进这片天然的海港。

火焰岛的阳光是如此滚烫，
点燃了你们甲壳上那一丛丛金色光芒。

于是你们再一次登上陆地，
这燃烧的岛屿成为你们新的故乡。

再也没有天敌让你们担惊受怕，
你们尽情享受着野花、海风和阳光

你们刚来到的时候凄凄惶惶，
瘦小的身体在烈日下迎风生长。

在这与世隔绝的孤岛天堂，

漫长的进化不慌不忙。

你们渐渐融为火焰岛的岩石、树林和海浪，
越来越巨大的身影在棕榈树下悠然摇晃。

直到天边出现隐约的白帆，
你们还不知道那意味着无数的死亡。

那名字叫做人类的天敌正在乘风破浪，
征服地球的勇气势不可挡。

他们的眼睛里迸射着饥渴的凶光，
他们还没有生出怜悯的心肠。

他们把太阳的甲壳堆成了坟场，
最深的海沟也填不满那无尽的欲望。

他们把紫荆的甲壳堆成了另一座坟场，
从此你我的命运一起雨骤风狂。

两亿多年前我们就已经在地球上徜徉，
看惯了巍峨的高山海苍苍。

我们凭借着坚硬的甲壳，
躲过地球上数不清的灾风祸浪。

我们曾经见证了恐龙的兴衰和灭亡，
今天我们一起来见证你的死亡。

哦，孤独的太阳！

没有谁能够永世长存，
紫荆花的美丽也正在慢慢消亡。

今天我们为你哭泣，
明天谁又为我们悲伤？

哦，孤独的太阳！”

歌声消散，海龟们一个接一个慢慢退回到大海里去了。

腾腾慢："为啥紫荆花的美丽正在慢慢消亡？"

慢腾腾："因为我们的兄弟姐妹快要死光光！"

阿威听了，再也忍不住眼眶里的热泪。阿雪见了，含泪轻轻握住他的爪子。

11

长爪风风火火地来找长眉。"长尾死了！"

长眉神情肃然："我知道，阿雪已经告诉我了。"

长爪抑制不住脸上的笑意："那阿雪有没有告诉你，他是怎么死的？唔？"

长眉轻叹："听说是被他那唯一的宝贝儿子给杀死的。真是不可思议啊。"

长爪哈哈大笑："怎么样？你还是不了解他吧？你承认你看走眼了吧！我说过，怒焰这孩子不坏。你看看，他对我和阿雪多忠心！为了救阿雪，亲爪杀掉自己罪行累累的父亲，大义灭亲，很不容易啊！不是每只年轻猫头鹰都能做到这一点的！这孩子能成大事！"

长眉不以为然："亲爪杀死了他的父亲，只能说明他心狠爪辣，'残忍的怒焰'这个名号叫得恰如其分，却一点也不能说明他对你忠心耿耿吧？"

长爪听了有些扫兴："你总是对他这么不公平！你不能仁慈一些吗？你难道看不到他对阿雪有多痴心吗？"

长眉不高兴地说："看不到！这孩子心思深着呢！我可看不透。"

长爪："哼！你对他就是有偏见。"

长眉说："就算他痴心，阿雪也不喜欢他，行了吧？你就死了那份心吧，阿雪永远也不会嫁给他的。"

长爪噘起嘴，却也拿固执的大哥没办法。他暗想："只好慢慢来了，希望怒焰这孩子能争口气，用实际行动改变大哥和阿雪对他的成见。"

"不管怎样，他这次又立了大功。你说我是给他颁发一枚金羽大奖章呢，还是颁发一枚金质奖章呢？还是金质奖章吧，免得引起大家不必要的猜测。嗯，就这么定了！"长爪兴致勃勃地谋划着。

火焰王族有个不成文的规定，金羽大奖章只有未来的国王及其王后、女王及其亲王才有资格获得，长爪竟然只是因为顾忌大家的猜想，才决定暂时不发这个奖给怒焰，可见现在怒焰在他心目中的位置有多重要。

但长眉已经没有心思和长爪辩论这个问题了，反正也说不通。

于是，长眉只是轻轻地说了一句："不管怎么说，长尾死了，我的心放下了一半。"

此时，在火焰岛南海岸西边那个平静的海湾里，被海浪冲上岩石滩的长尾，躺在一个石缝里，浑身湿淋淋的，双眼紧闭，伤痕累累，奄奄一息。

第十章

火焰岛的悲剧

1

根据听到的和看到的情况，小耳朵几乎能百分之百地确定，火焰岛的猫头鹰又要对岛民发动新一轮攻击了。

他赶紧跑回家，把这一重要消息告诉了爸爸阿帆和妈妈阿贝。但阿帆和阿贝仍然和往常一样，只是心不在焉地应付了他，压根没把他的重大预报当回事。阿贝还忧虑地格外看了他一眼，显然是在担心，小耳朵是不是脑子出问题了，都10岁了，还整天幻想着一些不着边际的东西。

阿帆和阿贝没空管小耳朵，岛上也没有学校，小耳朵成了一个小野人，白天黑夜到处瞎跑。

他在陡峭的悬崖上攀爬，在芜杂的灌木丛中飞奔，在蕨类植物的叶子底下潜伏，火焰岛没有他不知道的秘密。他就是火焰岛的精灵。

他身体精瘦，结实极了。火焰岛的烈日把他晒得黝黑。他要是躲进岩石堆里，就连眼神最锐利的猫头鹰也很难发现他。

小耳朵生来就有一双神奇的耳朵，不仅灵敏异常，而且听得懂大自然的一切声音。他知道，岛上不同的动物们可以用一种简单的通用语互相交流，而每种动物又有本族独特的更加高级、复杂的语言，比如猫头鹰语——这是小耳朵最喜欢的动物语言。

他刚一学会说话就常常告诉阿贝，岛上的猫头鹰世界又发生了什么稀奇事儿。当时阿贝觉得儿子说得挺像那么回事，每次都被小耳朵逗得哈哈大笑，把他搂在怀里，夸赞她的小男孩真是太聪明了。但过了两年，阿贝对他的这些说法就越来越笑不出来了，越来越面露焦虑之色了。

岛上的孩子们对小耳朵却都很佩服，尤其是他7岁的妹妹小叶子。小耳朵常常绘声绘色地给小伙伴们讲，猫头鹰们又说了什么什么话。小伙伴们都深信不疑，认为猫头鹰的确就是那么想的，他们总是为猫头鹰的想法到底对不对而争论不休。

小耳朵希望爸妈也能相信自己，因为猫头鹰这次是真的打算把人类彻底赶出火焰岛。

从大人们以及猫头鹰们的谈话中，小耳朵知道，曾经岛上有很多很多的人类。但后来，发生了很多很多事，岛民越来越少，现在只剩五户人家了。

既然大人们只顾忙着活下去，对大自然的声音根本不感兴趣，如何对付猫头鹰战争的重大责任，就这样落在了小孩子的肩膀上。

小耳朵决定密切关注猫头鹰的动向，尽一切努力阻止一触即发的火焰岛人鹰大战。

2

长爪为这次战争做了充分的、长时间的准备。

虽然火焰岛岛民因为历代自相残杀，把他们自己几百年来的历史记录毁得干干净净，以至于现存的岛民也说不清，到底祖先们在岛上出过什么事，但是猫头鹰王国完完整整地保留了五千年的历史记录。人类的每一次血债都被清清楚楚地记录在案，强烈激发着一代又一代猫头鹰对那头号大天敌的愤恨和斗志。

长爪召集了所有他能召集到的力量。

从西向东，从南到北，西北大草原、绿野森林、星宿大沼泽地、山丹大草甸、东部大草原、狂野大沙漠，以及西部和南部所有岛屿、大北雪山所有山峰，绿野大陆地上每一个曾经因为人类的追杀而亡命天涯的鸟类家族都被召集到了。

猫头鹰联合国当然不能对火焰岛兄弟王国发动的正义战争不闻不问。铁爪总理任命猫头鹰绿林卫队队长幽谷大侠红喙为援军总指挥，派遣了最精锐的联合国部队，前往火焰岛支援长爪国王。

火焰岛国王侍卫队的战士日夜监视着岛上的五处敌营，哨兵往来穿梭，随时报告敌人的最新情况。对敌人一网打尽的周密计划一步步完善，火焰岛充满了骚动不安的战争味道。

连空气都变得异常干燥、闷热，好像都能闻到一股火药味，似乎在下一个瞬间，就要随着战争的爆发，"砰"地炸开来。

事关重大，长眉、阿雪、阿威和阿历克斯当然也都来到了火焰岛猫头鹰王国战前指挥部。但他们很快就都从指挥部出来了，因为阿历克斯作为"可能的间谍"，被火焰岛国王侍卫队不容分说地赶出了指挥部。

阿历克斯倒没感到有多扫兴，他主要是觉得很内疚。他内疚自己不能把这个消息告诉给阿海队长，否则他真成"叛徒"了。这使他有一种背叛了阿海的感觉，这种感觉让他特别难过。"嘎！鸟类数量绝对占优！人类必败！嘎！"

长眉、阿雪和阿威的感觉也很糟糕，但他们根本无法阻挡迅速蔓延的开战情绪。

"必须要发生你死我活的冲突吗？"阿雪有些焦躁地说。她觉得空气稀薄得让她快喘不过气来了。

"我跟长爪争论过很多次，他听不进去。大战不可避免。啊，大风暴马上要来了。"长眉嗅了嗅沉闷的空气。

"把人类全部赶走又能怎样呢？只不过是出一口恶气罢了。"阿威毫不掩饰自己的反战立场。

阿雪："是啊！是啊！可是跟长爪叔父说不通啊！他坚信只要把人类赶跑，火焰岛就能慢慢恢复以前的样子。哎呀！闷死了，我们去海边透透气吧？"

大家一致同意去海边透透气，反正在战前指挥部这边，什么忙也帮不上，什么事都做不了。

全岛的空气好像都不流动了。他们向西海岸的灌木丛飞去，也许那里多少会刮来一丝西风，可以带来一些凉意。

3

小耳朵看见猫头鹰们来来往往。他看见各种鸟儿来来往往。他还看见在每一户岛民的屋檐上，时刻都有猫头鹰像哨兵一样，一动不动地站着，大眼睛瞪得圆溜溜的。

从西海岸南部高高耸起的悬崖山顶，向西瞭望，壮阔的海天美景尽收眼底；向东瞭望，除了北部的火焰山脉，整个火焰岛几乎可以一览无余。这里是小耳朵最喜欢的瞭望台。

在悬崖顶有个凸起的小陡坡，坡上长满了生命力顽强的海岸灌木。此刻，小耳朵就躲在灌木丛里，从宽大、粗糙的蕨类植物叶子下面，观察着岛上的一切，直到他看见三只灰白色的猫头鹰和一只漂亮的蓝绿鹦鹉飞了过来。

他立刻被这四只鸟儿吸引了。"多可爱的鸟儿呀！"他在心里悄悄地说，"哦，这三只年轻的鸟儿我都认识呢，他们是小海龟姐妹的好朋友。只有这只年老的猫头鹰我没见过。最爱最爱这只雄壮的年轻猫头鹰啦，他可真俊！前不久才在这里见过他呢！比起那只凶狠的老猫头鹰国王，他很不爱说话呢。哦，他可真酷！真想摸摸他，抱抱他。"

想归想，除了眼珠子，小耳朵全身一动不动。鸟儿们落在离他不远的阴凉地里，不耐烦地扇动着翅膀。

"确实太热了，他们被热坏啦。"小耳朵默默地替鸟儿着想，忘了他自己其实更热。

小耳朵藏身的地方被蕨类叶子和灌木枝叶层层叠叠地遮挡着，没有一丝阳光透进来，也没有一丝海风吹过来，他被闷得满头大汗。但小耳朵纹丝不动，倾听着这几只鸟儿的谈话。

阿雪："空气这么闷，不正常啊！"

长眉："就算有大风暴，也不该这么闷啊！真邪乎。"

阿历克斯长叹一口气，他还在为"背叛"阿海一事耿耿于怀。他还是第一次对阿海有所隐瞒呢，平时，他恨不得连拉泡屎都要报告给阿海。

阿威紧锁眉头，还在为即将爆发的战争担忧不已。

阿雪看着阿威："长爪叔父他们的心情也是可以理解的。火焰岛的猫头鹰对人类的不满和仇恨已经持续了很多代，毕竟火焰岛今天如此衰败，全是人类一手造成的。"

阿历克斯："是嘎！我的祖先就是从火焰岛逃出去的，要是不逃走，肯定早就被人类吃灭绝啦！被人类吃灭绝了，你们今天就见不到这么漂亮、聪明的阿历克斯啦！嘎！"

阿威："这些我也知道啊！当年岛民像蝗虫一样横扫

火焰岛的时候，猫头鹰也差点被吃灭绝呢！不过岛民已经付出惨重代价，他们毁灭火焰岛的同时，也毁灭了他们自己。我想说的是，现在猫头鹰和岛民还有必要互相残杀吗？难道不是更应该团结起来、共同改善火焰岛的环境吗？"

阿雪："我完全同意你的观点。战争只会加快彼此的灭绝，对火焰岛没有一点好处。我也希望能尽一切努力阻止战争的爆发，化干戈为玉帛。"

阿历克斯："什么什么歌？什么什么波？"阿历克斯非常好学，不懂就问。

阿威："就是由敌对关系转变为合作关系。"

长眉若有所思地望着西天边厚厚的云雾。暗沉的云雾在开阔的海天之间冲荡，景象壮观极了，令长眉感到震撼，一时间都看呆了。

阿历克斯："嘎！敌对，敌对，我一直搞不明白，火焰岛的人类到底是怎么自我毁灭的？"

阿雪："不但你没搞明白，人类自己也稀里糊涂的。根据火焰岛猫头鹰王国的史书记载，岛民部落之间互相仇恨，互相焚烧，互相撕吃，互相砸毁对方刻写着部落历史的图腾巨石，幻想能因此而借助神的力量毁灭对方。最后，旧岛民的一切文字记载都被船坚炮利的殖民者一把火全烧掉了，识文断字的酋长和祭司们，与其他岛民一起都被殖民者抓走，卖到别的地方当奴隶去了，没有能活着回来的。文明的种子被连根刨起，侥幸逃脱的岛民后代浑浑噩噩，根本不知道自己的祖先来自哪里、又是为什么到了眼下这个境地。现在的岛民压根就不知道，旧岛民曾经还有一种独特的书写文字呢。现在就算你给他一张旧文字的纸片，他们也不认识。这些故事，爸爸最有研究了。"

阿历克斯："长眉，长眉，人类为什么要打架？人类为什么在岛上也快灭绝了？我要听故事！嘎！嘎！"

长眉收回眺望远方的目光："我始终认为，只有知道过去的历史，才能更好地决定如何解决眼前的纷扰。我就从头给你们讲一讲火焰岛的悲剧吧。"

4

小耳朵最喜欢听故事。他趴在叶子下，耳朵都快竖成天线了。

长眉："你们都知道，火焰岛猫头鹰王国立国已经有五千年了。其实有很多动物比猫头鹰更早出现在火焰岛上，比如紫荆海龟啊，太阳陆龟啊，有些动物在火焰岛刚刚形成的时候就开始在这里生活了。这些老岛民，温和，友善，和猫头鹰王国和平相处。那真是火焰岛的黄金时代啊。你们知道火焰岛是怎么形成的吗？"

阿历克斯抢着说："我听阿海队长说过，火焰岛是在几百万年前由海底的三座火山喷发而形成的！嘎！嘎！"

长眉点点头："完全正确。火焰岛气候暖和，火山灰是有利于种植的富饶土壤，人类到来之前的火焰岛，是一片茂密的亚热带森林，真的是一个天堂乐园。两百多年前，人类驾着帆船，第一次来到岛上，他们立即发现火焰岛是一块物产丰富的土地，就定居下来。早期岛民主要以打鱼为生，也开荒种地，饲养家畜。海豚是他们餐桌上最重要的肉食。他们曾经建造了很多大型船只，开到深海去捕捉海豚，这些船只，就是用岛上大棕榈树和大红松的树干制造的。火焰岛的人口快速增长，人类豪无节制地开发、消耗岛上的各种资源。唉，可惜那时候猫头鹰王国还没有意识到，火焰岛正在一点一点地被人类毁灭。等意识到的时候，已经太晚了。岛上的森林首先被毁灭，各种树木都被砍掉，用来造船、盖房子、运输图腾巨石、烧火取暖，或者直接被烧毁用来开垦耕地。"

阿雪："大棕榈树的灭绝最让我痛惜，灭绝的原因无非是它们对人类太有用了。火焰岛的大棕榈树树干笔直，可以长到25米高，直径2米粗，是用来制造大船、运输图腾巨石的上好材料。这种棕榈树还是岛民重要的食物来源，果子很好吃，树浆可以做糖浆、酿酒。大棕榈树的繁殖本来就很缓慢，种子要过六个月到三年才能发芽，发芽后也生长缓慢。就算在最好的自然条件下，一片大棕榈树林的形成也需要很长时间。早期岛民无意间还给岛上带来了老鼠，这些老鼠对大棕榈树的灭绝也起了不小的作用。很多大棕榈树果实被老鼠啃得没法发芽了。"

阿威："说来真是讽刺，森林消失后，那些老鼠最终竟然也被人类吃灭绝了。现在岛上的老鼠，是后来殖民者的大帆船带来的新品种。"

长眉点点头："你们说得没错。早期岛民的航海技术很发达，不像现在的岛民，只有可怜巴巴的几条小划子。森林消失后，他们没有木头建造船只，就再也无法出海捕捉海豚。他们只能在火焰岛的浅海捕鱼，这使得浅海的生态也遭到严重破坏，海豹被吃灭绝了，海獭濒临灭绝，剩下的海獭曾经一度集体逃离了火焰岛。连海贝也基本被吃光，后来岛民只剩小海螺可吃了。毫无疑问，像太阳陆龟这样行动缓慢的庞然大物，肯定会被大量捕杀，迅速濒临灭绝。其他好几种在岛上繁衍数百万年的巨型陆龟就被人类快速吃灭绝了。前一阵子，最后一只太阳陆龟老乔治死了。火焰岛灭绝物种又多了一个，事实上我曾经以为太阳陆龟早就灭绝了。"

长眉长叹一声，陷入沉默。

大家都静静地等他继续说下去。

5

长眉："早期岛民不得已从渔民变成了农民：他们更加注重养鸡、养狗、养猪。那些失去主人的狗跑到野外，很快成群结队变成了野狗。野狗因为没有天敌，繁衍迅速，他们势力壮大，与岛民争食，甚至围捕人类弱小的孩子，后来竟然成了岛民最大的安全威胁。岛民们到处挖掘那些长草的土壤，开垦出更多土地，用来种植甘薯、芋、甘蔗，但产量却越来越低，因为森林的消失必然造成水土流失，在风吹雨打和日晒之下，土壤变得越来越贫瘠，岛民们逐渐食不果腹。"

阿雪："森林被砍光，意味着火焰岛的生态系统被完全摧毁，人类发生食物短缺是迟早的事。"

阿威："发达的航海技术也用不上了，因为树被砍光，岛民没法造船离开，被活活困在岛上了。"

阿历克斯："疯狂！真疯狂！嘎！"

长眉："是啊。岛民们开始普遍处于饥饿之中，吞吃他们所能找到的任何东西。野狗被吃光，野兔也被吃光。不但老鼠被吃灭绝，大量海鸟以及猫头鹰、鹦鹉这样的陆地鸟类也成了人类的盘中餐。渐渐地，火焰岛一大半的海鸟被人类吃灭绝了。除了极度坚韧、敏锐的猫头鹰，所有其他的陆地鸟类不是成功逃到别的地方，就是被人类吃灭绝了。阿历克斯，你的祖上应该就是在那个时候，从火焰岛逃到星宿大沼泽地去的，还有些鹦鹉辗转逃到爪爪岛去了。有些猫头鹰实在活不下去，也逃走了，雪枭岭一带的猫头鹰，有很多就是火焰岛的后代。就连候鸟都绕道了，再也不来火焰岛休息了。"

阿雪："要知道，在人类到来之前，火焰岛没有鸟类的天敌，是海鸟最适宜的繁殖地。至少有25种海鸟曾经在这里筑巢繁殖，这里可以说是整个火焰海域里最热闹的鸟类繁殖地。那时候，这里是很多很多动物的天堂，每年在火焰岛出生的海龟宝宝数不胜数。看看现在，唉！"

阿历克斯："嘎！可恶！老寿星说，那时候还出现了人吃人的丑行！恶心！发抖！"

长眉："当一切可吃的动物都被吃灭绝之后，纯粹是为了填饱肚子活下去，饥肠辘辘的人类开始互相捕食，毕竟他们自己就是岛上最大的动物蛋白质来源。据猫头鹰王国的历史记载，当时岛上最恶毒的骂人话是'你妈的肉沾在我的牙齿上'。后来，部落之间的战争越来越频繁，越来越残酷，火焰岛的生存环境也越来越恶劣，岛民的数量锐减。直到更加无情的殖民者来到这里。就像阿雪刚才说的，旧岛民被杀的杀，抓的抓，几乎也灭绝了。现在这五户人家，就是他们所有的后代了。"

这些话，把藏在蕨类叶子底下的小耳朵听得目瞪口呆。

长眉慢慢地说下去："就这样，火焰岛变成了现在这个荒岛。对火焰岛的悲剧，我思考了很久，很久。火焰岛就是地球的缩影啊。和火焰岛一样，地球也是茫茫宇宙中一个孤独的岛屿，而人类也在一点一点地、越来越快地破坏着地球的资源。在可预见的未来，地球可是我们唯一的家园啊。希望不要有那么一天，所有地球生物都走投无路，被'活活困在地球上'。"

阿历克斯："嘎！现在人类没那么愚蠢啦，阿海队长他们对环境保护可重视啦！"

阿雪："是啊！大蓝蝶、哨刺金合欢树、弯角大羚羊、麝牛、海獭、紫荆海龟，许多濒危的珍稀物种都被人类保护起来了，人类还把很多从别的物种那里夺走的资源又还回来了。这些年人类似乎很少再做出像毁灭火焰岛那么愚蠢的行为了。"

长眉："唉，可能是因为我太老了，我比你们悲观多了。唉！让我们把目光放得更长远一些，来看看地球真实的情况。火焰岛大棕榈树和整个森林的灭绝不是一夜之间发生的，而是一个经历了上百年、好几代人的缓慢过程，以至于当变化发生时，人类都无知无觉。当最后一株大棕榈树被砍倒的时候，大棕榈树早已稀少得对人类失去了经济意义，没有人会觉得保留它有什么价值，它的灭绝对岛上居民来说并不是什么重大事件，甚至绝大部分人根本就没有注意到。人类对地球的破坏也是这样在不知不觉中缓慢发生的啊！当然，整个过程比火焰岛上所发生的要缓慢得多，历时也长得多，也更加难以觉察。有多少人意识到，就在今天，无比珍贵的热带雨林，正以每年20万平方公里的速度在消失，被砍伐、被烧毁，被人类毫不心痛地转变成农场和牧场。又有多少人知道，人类正以每年大约5万个物种的速度，消灭着地球上独一无二的物种。如果不采取紧急的保护措施，到21世纪中叶，热带雨林将不复存在！此时此刻，地球上四分之一的物种正面临灭绝，四分之一啊，孩子们，现状就是这么严峻。可是全世界的人类，心存危机感的又有几个呢？可千万别和猫头鹰王国一样，等意识到危机的时候，已经完全来不及补救了！"

阿历克斯："嘎！阿海队长有危机感！强烈的危机感！嘎！"

小耳朵默默地在心里大喊："我也有危机感！强烈的危机感！请你告诉我，我该怎么办呢？"

仿佛是在回答小耳朵这个无声的提问，长眉顿了顿，用更加低沉的语气说："地球的庞大并不能使她天然避免火焰岛的命运，因为地球再大，也是有限的。认识到这一点，现在，我们该怎么办？我相信，就像阿威刚才所说的，互相残杀绝不是解决问题的办法。"

阿威："每一个物种都是自然母亲的孩子。我们的目的是大家一起合作，让火焰岛和整个地球重新变好！"

阿雪和阿历克斯用力点头。小耳朵在草丛里也抿紧嘴巴，默默赞同着长眉他们的看法。

6

阿雪："上次人类从绿野森林挖了一棵三百年大红松，想要移植到火焰岛北部的火焰山区，两百年前那里曾经有一大片红松林。可是火焰岛的猫头鹰对人类仇视到了极点，根本不许人类再动火焰岛的一草一木。种树的工人刚开始挖坑，就遭到大批猫头鹰的袭击。工人把大红松扔在那里，拼命逃跑了。后来护林队派遣了更多工人，浑身上下全都包裹得严严实实，一部分人专门负责驱赶猫头鹰，另一部分人专门负责挖坑、种树，这才把大红松给种下去了。我前几天去看了，大红松活得可好了，绿意盎然，每一枝树梢都长出了很多新叶子。还有好多小鸟在树上做窝啦，大树周围还长出了好几棵小红松苗呢。"

这事小耳朵最清楚。他的爸爸妈妈也是种树队的，第一次逃回来的时候，爸爸的脸被猫头鹰抓了个长长的大口子。现在岛民们家家户户都备有好几套专门对付猫头鹰袭击的防护服，那是护林队发给他们的。防护服的袖子上面有一个好看的图案，是三片椭圆形的小叶子聚拢重叠成一朵小花的样子。妹妹小叶子可喜欢这个图案了，在她自己的每件衣服上都画了一个，让妈妈帮她绣了下来。

至于那几棵小松树苗嘛，嘿嘿，小耳朵差点忍不住笑出声来，他默默地告诉阿雪："那是我和小伙伴们种的呀！"因为种了这些小树苗，护林队还给这伙小朋友每人发了五块钱呢。种植的花草树木越多，护林队发的钱就越多，所以，现在岛上的爸爸妈妈们、爷爷奶奶们种树种花种草都可积极了。当然啦，现在无论是谁，破坏岛上的花草树木都会被罚很多很多钱，所以连最不讲理的二柿子一家，也不敢再胡乱砍伐灌木了。以前他们家经常在岛上到处乱砍，浪费很多的木头，才做成几个木雕，等旅游船来的时候，就花言巧语卖给好奇的游客。那时候，他们砍树时，猫头鹰也不太敢袭击，因为他们家每人都有一把猎枪，要是打死了猫头鹰，还能做成标本卖大钱。不过现在，猫头鹰也是保护动物，打死猫头鹰是犯法的。

这边小耳朵还在愤愤地回想着二柿子一家以前的种种恶行，那边阿历克斯已经叫起来了。

　　阿历克斯听了阿雪的话，一下子变得很激动："嘎！气愤！猫头鹰这样做，和当年破坏火焰岛的人类一样愚蠢！嘎！"

　　阿威："据我观察，现在这五户岛民，基本上以种植花草树木为生。那些荒废多年的甘蔗地、庄稼地，有好些都陆续种上了花草和小树苗。"

　　阿雪："嗯，人类为此专门制订了一个计划。他们通过对岛上沉淀物的花粉分析，推测出火焰岛古代的植被分布情况，然后从一些与火焰岛气候类似的地方，比如紫光大陆地的自由湾，移植来一些类似的植物品种。有专门的护林队负责照料这些植物，我观察过，新种的植物看起来都特别适应火焰岛的环境，长势都很不错呢。"

　　小耳朵又偷偷地笑了。他很骄傲，自己也是尽心尽力保护这些珍贵植物的小护林队员中的一个。小耳朵喜欢花草树木的味道，喜欢极了。小伙伴们都喜欢。

　　长眉赞赏地看着阿雪，笑着说："看来你对火焰岛还挺关心的嘛，了解这么多新情况。"

　　阿雪调皮地眨眨大眼睛："那当然啦，这里毕竟是我的故乡嘛。"

　　阿威："即使这里不是我的故乡，我也希望看到它恢复以前美好的样子。"他也和长眉一样，极目眺望着西边云蒸霞蔚的辽阔海天："想象一下，在这样的一个小岛上，如果长满了树木花草，高大的棕榈树耸立在碧海之上，灰白的树干直刺蓝天，疏朗的大叶子随风摇摆，各种各样的海鸟、陆鸟，自由自在地飞翔、歌唱，那该有多美啊！只可惜太阳龟永远也回不来了。"

阿历克斯："这里也是我的故乡，嘎！嘎！告诉你们一个好消息，或许没多久我就搬回来啦！阿海队长说，他要被调到火焰岛，全面负责火焰岛的护林绿化！他特别有信心，说要把火焰岛变成一个海上森林公园！"

大家都高兴地叫起来，暂时忘记了空气的闷热难耐。

7

起风了，从西边刮过来的。呼，呼，有了这微微的风声，火焰岛反而透出一丝不寻常的宁静。

一声尖利的长啸刺破寂静的空气，小耳朵着实吓了一大跳，长眉他们也都瞬间惊飞起来，盘旋在空中，查看到底发生了什么事。

猫头鹰联军的总攻战打响了。

猫头鹰哨兵的长啸一声接着一声，传遍了全岛。

所有的猫头鹰和其他的援军鸟儿，立即按照事先拟定好的作战计划，投入惨烈的战斗。

长爪的精心准备得到了回报。

小耳朵和阿雪他们看到，在战争打响的三分钟之内，鸟战士以迅雷不及掩耳之势，在西海岸的山坡上抓住了六名人质。在事情发生之前，这六个人正在苗圃里干活，都没有穿防护服，事先完全没料到会毫无征兆地遭到大群鸟儿的突袭。

小耳朵听到了小叶子的尖叫声。他看见，妹妹和其他三个小孩人质被一大群雄壮的猫头鹰控制住，全被拖进一个山洞。他心中大惊，大慌，心脏仿佛停跳了好几拍。恐惧像电流一样击中他，瞬间流遍全身，使他控制不住地颤抖不已。

西海岸山坡上，有两名人质逃脱。这两名逃脱的人质都是力气很大的壮年男子。他们不顾一切地与鸟群拼命撕扯，终于挣脱了被大鸟出其不意控制住的四肢。然后，他们发疯一样地挥舞双臂，没命驱赶又紧逼过来的鸟战士。虽然挨了很多啄和抓，受了很多伤，这两个人还是躲开了似乎从四面八方扑过来的鸟战士，连滚带爬地向南海岸逃去。

岛民的小划子都停在南海岸的岩洞里。此刻，火焰岛上空全是发疯的鸟儿，刺耳的叫声快把人类的耳膜击穿了。两个逃亡者在慌乱中做出判断：向北逃回家的路途中，必然风险无穷；只有去往南海岸的方向看起来还比较太平，暂时躲到南海岸去应该是最明智的选择。

猫头鹰战士们凶巴巴地在两个逃亡者身后紧紧追赶。逃亡者真希望手里能有一把猎枪。虽然法律规定，火焰岛的猫头鹰是保护动物，不能随便猎杀，但现在，面对这些可怖的猫头鹰，为了自卫，有一把猎枪该有多么方便。

这时候，两个逃亡者听到从北边岛民居住地的方向传来几声枪响，伴随着几声鸟儿的惨叫，随后隐约传来一阵歇斯底里的人类喊叫声。

看来有人已经反应过来，开始还击了。

他们自己则被迫加快脚步向南海岸逃去，因为身后那些猫头鹰的追击更凶猛了。每一次被坚硬的鸟喙啄到，被锐利的鸟爪撕到，带来的都是钻心的疼痛，他们不得不快跑，快跑。

8

阿帆和阿贝很后悔没有听小耳朵的话。看着门外黑压压的鸟类大军，他们这才明白过来，看来这个奇怪的孩子通过什么奇怪的方式，确实提前探知了猫头鹰王国这次不同寻常的袭击行动。

如果不是因为爷爷临终前交代他们一定要守在火焰岛，守住祖辈埋葬尸骨的地方，他们早就离开这个破败小岛了，真是受够野蛮猫头鹰无休无止的骚扰了。最让人头疼的是，你只能躲避，不能打死这些讨厌的猫头鹰，否则就违法了。上回二柿子的爸爸杀了一只猫头鹰，不但被罚了款，还坐了半个月的牢呢。

阿帆和阿贝虽然及时躲进屋子，紧紧关闭了门窗，但小耳朵和小叶子却都还在外面，下落不明。

阿帆和阿贝心急如焚。

从二柿子家的方向传来一声接一声的枪响，看来二柿子家已经大开杀戒了。

刺耳的枪声，猫头鹰愤怒的嚎叫，夹杂着其他几十种鸟儿叽叽喳喳的尖叫，阿帆和阿贝的耳朵都快要被吵聋了。

他俩你看看我，我看看你。阿贝急得快哭出来了。

阿帆："穿上防护服！"

阿贝立即跳起来："好！快！"

俩人迅速穿好了防护服。这防护服是护林队为火焰岛岛民特制的，由灰白色、黑色、棕色和绿色这四种颜色组成，这些也是火焰岛最主要的几种颜色。所以，穿上这套衣服就如同套上了一层保护色。

阿帆和阿贝拉开地窖盖子，钻进去，借着窖口透出的微弱光线，轻轻推开地窖的暗门，悄悄爬了出去。他们要出去把小耳朵和小叶子找回来。

俩人爬了几步，把头探出地面。

老天爷啊！眨眼间，一大群猫头鹰冲了过来，对着两个人又啄又撕。幸好防护服的面料非常结实，俩人都没有受伤。

阿帆和阿贝被猫头鹰逼得没法后退，只好冲出地窖出口，跟跟跄跄地向南海岸方向跑去。他们也只有这一条路可跑，其他方向全都是张牙舞爪的可怕鸟儿。

俩人不知道，他们已经在慌乱之中落入猫头鹰的圈套。

　　猫头鹰联军已经提前侦察清楚五户岛民小木屋的所有进出口。长爪的计划就是把所有人类都赶出家，赶到南海岸去。

　　"人类那几个可怜巴巴的小划子，都藏在南海岸的岩石洞里。这几个小划子，将是他们唯一的生路。如果不从，哼哼，只有死路一条！"这是长爪在指挥部布置总攻任务时所说的原话。

9

　　小耳朵家是第一家被猫头鹰联军清空的。阿帆和阿贝被赶走之后，猫头鹰立即通过地窖入口，占领了小耳朵家。他们先把门窗全都破坏掉，把所有能撕碎的东西都撕碎了。屋子里一片狼藉。

　　随后，火焰岛新任猫头鹰兵团总司令忠诚的惊涛站在小耳朵家的屋檐上，发出一声胜利的长啸。

　　这一声长啸，被哨兵一声接一声地传遍了全岛，极大地振奋了联军的军心。所有鸟战士欢呼雀跃，更加斗志昂扬地冲向战场。

　　二柿子家是第二户被清空的。

　　二柿子一家的反抗太激烈了，好几只猫头鹰先锋被子弹击中。长爪决定先集中兵力干掉二柿子一家。

　　猫头鹰钻地军团迅速集结，从二柿子家的屋子背后开始挖洞。二柿子一家浑然不觉，一家子大人小孩一人一杆枪，通过墙上的射击孔，胡乱向外射击。

为了避免不必要的伤亡，猫头鹰联军已停止对二柿子家的正面强攻，只是有策略地东一下西一下做做样子，力求吸引住二柿子一家的全部注意力。二柿子一家中计了，集中精力应付猫头鹰的正面骚扰。

钻地军团有条不紊地推进，二柿子家屋后的浮土都堆成一个小山包了，屋里的人还是毫无觉察。

在二柿子一家看来，实施正面攻击的猫头鹰大军势头越来越弱。哼！不就是几只猫头鹰吗？还能比人类更厉害？二柿子一家得意扬扬，哈哈大笑着开始庆祝胜利。

就在二柿子一家狂妄自大的笑声中，大队猫头鹰战士从地底下忽然冒出来，挤了一屋子，对二柿子一家发起最凶狠的攻击。

可怜二柿子一家，根本来不及穿上防护服，一个个抱着头，哇哇大叫着，夺门而逃。

其他三户人家清理起来就更容易了。猫头鹰联军对每家每户的情况侦察得实在是太清楚了。

长爪满意地看到，很快，火焰岛所有人类都在猫头鹰联军的追击下，向南海岸方向仓皇逃窜。

"雪山国王保佑！"长爪激动地大叫着。

长爪的计划堪称完美。有一秒钟，他不由自主地想到，在这次战役之后，自己很可能会被猫头鹰王国的起名官改个名字，由仁慈的长爪变为"仁慈而睿智的长爪"。他的胸膛被建功立业的雄心大志给涨满了。

10

阿威他们一眼看见，怒焰领着一群猫头鹰把四个人类的孩子抓进了山洞。他们立即飞了过去。

小耳朵也从蕨叶下钻出来，猫着腰，在灌木、草丛、石块间飞奔，悄悄潜向关押小叶子和其他三个孩子的山洞。

阿雪飞在最前面。"嘿！嘿！怎么回事？为什么要抓小孩？"她严厉地质问。

怒焰万万没想到阿雪他们竟然会出现在这里。他讪讪地笑着："啊，这个嘛，嗯，是这样的……这几个孩子太坏了！我们不得不把他们抓起来，免得他们坏了我们的总攻大计！"

小灰翅小声地说："国王说了，只要把所有人类都赶到南海岸就行……没说要把他们抓起来……也没说要把他们杀掉……"

"什么？杀掉？"阿威一听就火了，他怒视着怒焰："我看见这几个孩子正在山上种花，你为什么要杀掉他们？他们犯了什么罪？"

怒焰看见阿威的气势，不由自主缩了一下，支支吾吾地说："他们……他们在火焰岛乱挖坑！国王讨厌人类在火焰岛挖来挖去！"

"挖坑种花就要判死罪吗？长爪这么说了吗？"长眉冷冷地问。

"国王没这么说……国王让我们负责把所有在外面游荡的人类赶到南海岸去……"小灰翅小声说。

怒焰恶狠狠地瞪了小灰翅一眼。小灰翅倔强地把头抬得高高的，直视着怒焰，怒焰慌乱地把眼神移开了。

"嘎！立即放人！嘎！"阿历克斯很激动，脖子上和头上的羽毛全都蓬了起来。他最见不得欺负小孩子了，何况还是喜欢种花种草热爱大自然的好孩子。

怒焰："这个嘛，嗯，得征求国王的意见。人类作恶多端，好不容易抓住了，怎么能随便说放就放。"

阿雪板着脸："长爪叔父一直说要把人类赶走，什么时候说过要抓人杀人？这事用得着征求国王的意见吗？明明是你擅自行事，还胆敢假托国王的名义，该当何罪？"

阿雪说这些话，声音不大，但是很有气势，一字一句充满了力量。她像个女王一样，威严地扫视了一下全场。猫头鹰战士们见了，立即松开爪子，放开了人类的孩子。孩子们吓得一动也不敢动。

怒焰显然又气又急，但他说不出什么道理来，也不敢对阿雪发作，只好默不作声，做出一付"你厉害，你说了算，我不管了"的赖皮样子。

阿雪根本不理他，沉静地对战士们说："你们先去集合吧，如果有必要，我会把这几个孩子送到南海岸去。"

怒焰率军离去。小灰翅和战士们经过阿雪的时候，纷纷低头表达敬意，阿雪微微点头示意。

"你女王派头十足啊，要不要答应长爪叔父去做他的继承者啊？"长眉笑眯眯地开玩笑。

阿雪被长眉逗乐了。

阿威面色如水，什么也没说。

"嘎！嘎！阿雪女王威武!"阿历克斯高兴地大叫。

"我也不全是在开玩笑呢。"长眉轻轻地说。

阿雪听了，敛起笑意，神情庄重，微微点点头："我知道你的心意，爸爸。"

这时候，他们听到了一种奇怪的声音，从远方天际传来。像雷声，又像风声，仔细听，更像水声。

怎么回事？阿雪、阿威、长眉和阿历克斯互相看了看，都摇摇头。四只鸟儿"唰"地同时展开翅膀，向南海岸飞去。

小耳朵从草丛里钻出来，跑进山洞。小叶子和其他三个孩子挤成一团，正在瑟瑟发抖。

"不要害怕，你们安全了！有个猫头鹰女王救了你们！"小耳朵安慰着四个孩子。

孩子们平时就很佩服小耳朵，这会听了他的话，都一个劲儿点头，真的不那么害怕了。

小耳朵急促地叮嘱道："你们先躲在这里不要动！千

万不要出来乱跑，我去去就来！"

四个孩子又一个劲儿点头。

小耳朵于是跑出山洞，也向南海岸奔去。

11

岛民们仓皇失措、连跑带爬来到南海岸之后，却都惊呆了。

眼前的南海岸，变得那么陌生。

大海好像一下子跑远了，跑得那么远那么远。

好大好大一片以前一直被海水覆盖的海滩，大模大样地裸露在太阳下，亮闪闪得吓人。

确切地说，眼前的海滩变成了一个无比宽阔的大坑，各种贝类、大鱼小鱼、海葵、海星、螃蟹……在大坑里慌乱地挣扎着。

紧追而来的猫头鹰战士们也惊呆了。他们从来都没有见过这幅场景。海水远远地退去，像是被地底下的什么妖怪给吸走了。

战士们也没法完成最后的驱赶任务，因为人类根本没法去划他们的小划子。岩洞里的海水消失得无影无踪，小划子都静静地坐在岩洞的沙地上，没水的岩洞平白地高大了很多。

有几个人类试探着往大海滩上走去。奇异而美丽的海生物吸引着他们的眼睛。紧接着他们犹疑起来，放慢了脚步。

鸟儿们茫然地在空中翻飞，心中越来越惊慌。

轰隆隆的声音从遥远的地方传来，仿佛地狱之门被打开了。

狂风大作。转眼间，天色暗淡，太阳好像生病了，惨白惨白地挂在天上。

尾声

1

"不是大风暴，是海啸！"长眉轻轻地自言自语一声，猛然拖着他那一把老骨头，疾飞冲天，大喊大叫起来："海啸来啦！大家撤退！快撤退！"

但是已经来不及了。

一排巍峨、陡峭的高山从大海深处跑过来，步伐整齐，鼓点密集，呐喊声震耳欲聋。这是一座潮水的高山，它正向海滩上所有的生物碾压过来。

人类先是吓傻了，继而掉头往岛上撒腿狂奔。

鸟儿慌乱地扑腾着翅膀，拼命地从各个方向往岛上乱飞。

高山席卷而来，若无其事地吞没了狂奔的人类和乱飞的鸟类。它继续向前推移，淹没了岩洞，淹没了整个南海岸，丝毫不觉得疲倦地接着大踏步向前推进，好像不把火焰岛整个吞下去绝不罢休。

长眉带着阿威、阿雪和阿历克斯，叫喊着，让还没有被席卷的鸟儿跟着他们一起快飞，快飞，在狂风骤雨中，飞向那目力所及的陆地最高点：西海岸大悬崖。

2

　　小耳朵远远地躲在南海岸避风港的岩石缝里，海潮不容分说地淹没了他。他像一只坚韧的藤壶，紧紧抱住岩石。

　　他憋着气，在水里睁开眼睛。他看见无数的鸟儿和人类在海水中胡乱扑腾，无依无靠，被海水随心所欲地裹挟着向前，撞在岩石上，被反弹回去，又继续被海潮漫不经心地往前推送。

　　他不知道自己憋了多久。海水拼命地要把他从岩石上扯下来，让他也像小鱼一样在海水里无助地翻滚。他绝不答应，顽强地抱着石头。

　　他快要窒息了，不由自主地喝了一口海水，太咸了，又一口。但他仍然紧紧地抱住岩石。海水发怒了，一使劲将他彻底掀翻。他滚入水中，和其他人一样，成了海水的玩具，被摔摔打打地随意扔来扔去。

　　他依然大睁着眼睛。他看见了那两只可爱的小海龟。她们向他游过来，一个庞大的身影紧跟在她们身后。是那只老海龟。他多么喜爱这几只海龟啊。他想裂开嘴对他们笑一笑，就像往常一样。可是海水已经灌满了他的嘴巴和他的肺。

　　老海龟抱住了他，向一个被海水淹没的岩洞游去。游啊游，游啊游，到底游了多久呢？游了好久好久吧？老海龟在弯弯曲曲的石洞里穿行，一直游到一个巨大的天然石屋里，他向上，向上，"哗"，他们钻出了水面。老海龟把他放到一个小小的石头平台上。

他一边剧烈咳嗽，一边环顾四周。他发现，自己竟然躺在西海岸峭壁上的一个岩洞洞口！他以前也来过这里，这个空荡荡的一眼望不到底的庞大山洞，现在竟然快被海水灌满了。

他看见在洞口外面，那四只勇敢、漂亮的鸟儿指挥着其他的鸟儿，叫大家都到这边的山洞里来躲藏。在他最最喜爱的那只俊美的猫头鹰勇士的护送下，那个国王也狼狈地飞进洞里来了。他这才注意到洞里已经有很多惊慌失措的鸟儿在胡乱地飞来飞去。不断有人类和鸟类被海龟们搭救上来，轻轻地放在天然的石头平台上。

大雨如注，他模模糊糊地看到一只猫头鹰攒着尾巴，高速从远处直直地撞过来，像一枚导弹，击中了那只他最最喜欢的俊美的猫头鹰勇士。他惊恐地看见雄壮的勇士翻滚着，从空中掉落下去。那个凶手头也没回，若无其事地继续往前飞，飞进洞里，啊！不就是那个让小海獭疯狂捕食毒螃蟹的家伙吗？看！坏家伙狞笑着，躲进一个角落。那只女王猫头鹰回头看到俊美的勇士掉落下去，立即不要命地冲下去搭救，但显然来不及了，来不及了。

他听见两只小海龟惊叫着，愤怒地喊起来：

"心狠爪辣，又是他！这个大魔鬼！"

"满嘴谎话，就是他！快去救阿威！"

三只海龟立即潜下水去。

3

海啸肆虐了三天三夜。海龟们到底救了多少人和鸟儿，谁都数不清了。

海獭家族也搭救了很多鸟类。东海岸的火焰洞虽然也被淹了，但与火焰洞相连的后山洞巨大无比，仍然是一个安全的避风港。

在不远处的海底，三座小火山的喷发，带来了这场大乱子。

岛民的屋子全都被海水和狂风毁掉了。听小耳朵的话躲在西海岸山洞里的四个小孩子，全都安然无恙。

阿帆和阿贝也很幸运，都被海龟们救上来了。当他们在峭壁山洞里看见在对面山洞口向他们拼命挥手、蹦跳的小耳朵，立即哭成了两个泪人儿。

"小叶子没事！他们藏在更高的山洞里！"小耳朵冲他俩大喊。他俩听了这话，哭得更厉害了。

猫头鹰的家也大半被狂风或恶浪摧毁了。大家都挤在高处的避风山洞里，直到海潮退去、太阳重新活过来。

猫头鹰驱除人类的战争，就这样被大自然随意地瓦解了。

4

阿威的左翅摔断了。小耳朵一直在山洞里照顾阿威，利用一切他所知道的医护知识给阿威疗伤。

但是阿威的左翅可能永远也无法和以前一样挥洒自如地搏击长空了。一想到这个，小耳朵就难过得想大哭一场。

这天，阿威睡着的时候，阿雪来了。

阿雪和小耳朵静静地看阿威熟睡，阿威需要休息，他们都不想吵醒他。

阿雪来到洞口，默默眺望西方的海天。

小耳朵坐在阿雪旁边。他知道阿雪有心事。小耳朵努力地和阿雪聊天，想让她高兴起来。他没话找话："就在这个地方，有个长爪子的老猫头鹰，就是你们说的那个国王，有一次和阿威谈话，我亲耳听到的呢。"

阿雪心里一动："他们说了什么？"

小耳朵："国王说得多，阿威几乎没说什么。国王说，你是女王，叫阿威离你远一些。嘿，阿威才不想理睬这些话呢。他直直地立在灌木枝上，就是那根分了三股杈的粗树枝，看到了没？我记得海风把他胸膛的羽毛吹拂起来，他眺望着远方，威风凛凛，比国王还像一个国王呢……"

小耳朵还在叽里呱啦地说着，阿雪的心里已经如同一座巨大火山忽然自地底喷发，轰隆隆地，充满了烈火和疼痛，以及力量和热望。

5

这天阿威睡醒的时候，看见阿雪拿着一束小紫花，含情脉脉地看着他。

阿雪把小花递给阿威："阿威，你愿意娶我吗？"她微笑着，温柔地问。

阿威的眼泪流了下来。他接过小花，不顾左翅还扎着绑带，把阿雪紧紧抱在怀里："我愿意，阿雪，愿意极了。"

长眉和长爪都满心欢喜，给了阿威和阿雪最深情的祝福。

当长爪在狂风暴雨中被阿威解救到西海岸大岩洞的那一刻，他对阿威的偏见也被这场海啸完全瓦解了。

6

在阿威和阿雪的婚礼上，阿威的老姑婆给了他一只珊瑚羽毛笔。"这是我们的祖先呼啸的狂风留下来的。按照祖先的遗训，直到你结婚时才能交给你。你父母去世后，我一直替你保管着，现在，它是你的了。阿威，像我们伟大的祖先一样，去谱写猫头鹰的壮丽史诗吧！"

呼啸的狂风？阿雪确信她在哪里听到或看到过这个名字，但一时想不起来了。

人物表

威雪亲友团：

长毛灰影快如闪电的阿威：猫头鹰联合国侦探所探长。

冰中烈焰阿雪：猫头鹰联合国生态研究所一级研究员，火焰岛猫头鹰王国的公主。

蓝绿鹦鹉阿历克斯：语言天才，阿威和阿雪的好朋友，人类护林队队长阿海的宠物。

大嗓门猴面：阿威的好朋友和助手，猫头鹰联合国侦探所特级探员。

机灵鬼肉球：阿威的好朋友和助手，猫头鹰联合国侦探所特级探员。

阿威家的老姑婆：猫头鹰世界最年长的聪明老奶奶，一肚子的故事，喜欢回忆过去。

火焰家族：

庄严的雪山：火焰岛猫头鹰王族最有名、最贤明的国王之一，史称"最后一个国王"。

暴烈的铁翅：阿雪的爷爷，火焰岛前国王。

智慧的长眉：阿雪的父亲，铁翅的长子，曾经是铁翅的王位继承者，但被铁翅放逐。现为雪枭村村长、猫头鹰联合国图书馆馆长。

仁慈的长爪：火焰岛国王，铁翅的次子。

慈爱的白玉：长爪青梅竹马的好朋友、第一任王后，数年前死于非命。

狡猾的长尾：火焰岛贵族，铁翅的三子。

残忍的怒焰：长尾的独子，后接替流川成为国王侍卫队副队长。

火焰家族所辖：

仁爱的白云：火焰岛猫头鹰国王医院最好的医生，已故王后白玉最好的朋友，也是长爪信赖的好朋友。

忠诚的惊涛：国王侍卫队队长，后兼任火焰岛猫头鹰兵团总司令。

沉沉不语的流川：侍卫队副队长，惊涛最好的朋友。

笑面虎：流川的父亲，火焰岛猫头鹰王国前首席御前大臣。数年前神秘失踪。

九尾仙狐：笑面虎的小妾，数年前随笑面虎一起失踪。

勇敢无畏的小灰翅：雪枭村的小猫头鹰哨兵，后来成为火焰岛国王侍卫队的一名勇士。

任性的清风：火焰岛环境大臣兼首席御前大臣。

黑岩：海獭家族的酋长，长爪从小认领的好朋友。

火焰岛自由家族：

老威廉爷爷：紫荆家族最年长的海龟，已经活了至少167岁。

慢腾腾：紫荆家族的紫色小海龟，双胞胎姐妹的姐姐。

腾腾慢：紫荆家族的粉色小海龟，双胞胎姐妹的妹妹。

孤独的太阳老乔治：火焰岛最后一只太阳陆龟。

小海燕：火焰岛东海岸黑螃蟹妹妹。

绿野森林居民：

兔子大叔：绿野森林兔子谷的居民代表。

小白兔阿朵：绿野大森林兔子家的小妹妹。

火狐狸精：狐狸妈妈，绿野森林火狐狸洞的居民代表。

孔雀仙子：美丽的雄孔雀，绿野森林鸟鸣涧的居民代表。

银背老猴王：绿野森林猴村的居民代表。

松鼠王子：绿野森林松鼠林的居民代表。

小灰：松鼠林的松鼠哨兵之一。

大壮壮：麝牛头领，星宿大沼泽地居民，后率领整个家族逃向大北雪山。

伶牙俐齿的瞳瞳：雪枭村的小猫头鹰女孩，聪明机灵。

坚忍的铁爪：猫头鹰联合国总理。

幽谷大侠红喙：猫头鹰联合国绿林卫队队长，来自勇猛的北方斑点林鸮家族，濒危物种。

东部大草原和狂野大沙漠居民：

斑斑：雄性长颈鹿，东部大草原野生动植物自然保护区的居民代表，阿威的好友。

玲玲：弯角大羚羊姐姐，生活在狂野大沙漠西部边境的弯角大羚羊圈养场，阿历克斯的好友。

珍娜：山狮妈妈，生活在弯角大羚羊圈养场附近。

小黄帽：羚黄鼠少年，小灰翅的好朋友。最初居住在弯角大羚羊圈养场附近，后来……（请看《猫头鹰探长》第二部《火焰岛的女王》）

骆驼阿力：骆驼冈的居民代表，阿威的好友。

骆驼阿美：阿力的女儿，娴静又坚强的小女孩。后来成为绿野女童子军团的一员。

捕蛇君：走鹃先生，骆驼阿力的老邻居，以善于捕蛇著称。

爪爪岛居民：

艾玛：阿历克斯的妻子。主人是一个船长，常年生活在海上，出海回来时经常把船停靠在绿野大码头。

亚当：艾玛的哥哥，爪爪岛佳佳宠物店头号宠物。

老寿星：亚当和艾玛的爸爸，爪爪岛佳佳宠物店的老成员。

人类：

阿海：绿野森林护林队队长，阿历克斯的救命恩人、贴心主人。

阿阳：阿海的儿子，8岁，充满好奇心，喜欢小动物，热爱大自然。后来跟小耳朵学会了动物通用语。

阿亮：狂野大沙漠弯角大羚羊圈养场管理员。

小耳朵：火焰岛岛民之子，10岁的男孩，能听懂大自然的各种动物语言，擅长动物通用语。热爱猫头鹰，尤其精通猫头鹰语。

小叶子：小耳朵的妹妹，7岁，高智商，喜欢画画，热爱花草树木，后来跟小耳朵学会了动物通用语，并成为绿野女童子军团的一员。

阿帆和阿贝：小耳朵的爸爸和妈妈，火焰岛居民，火焰岛种树队队员。

二柿子：火焰岛居民，外号"不要命"。

阿蛮：二柿子的妻子，外号"不讲理"。

方舟子科普原文参考

（见"http://www.owlbooks.us"）